ビギナーズ・クラシックス 中国の古典

墨子

草野友子

角川文庫
21063

はじめに

二〇一六年八月十六日、中国が世界初の量子科学実験衛星を打ち上げたというニュースが報じられました。その名は、「墨子号《ぼくしごう》」。

墨子《ぼくし》は、諸子百家の時代、儒家《じゅか》と勢力を二分したとされる墨家《ぼっか》集団の始祖です。その思想家の名前が衛星につけられたわけですが、儒家の孔子《こうし》や孟子《もうし》、道家《どうか》の老子《ろうし》や荘子《そうし》に比べると、墨子の知名度はそれほど高くはありません。墨家の思想は儒家や道家と異なり、うまく継承されませんでした。長い時を経て、清代の学者たちが墨子の思想を再検討し、それ以降、墨子の研究が盛んに行われるようになります。

その際に、このようなことで注目されるようになります。中国の科学の源流は、墨子にあるのではないか、と。墨子の思想を伝える書物『墨子』の中には、科学的なことについて言及している部分があります。そこで、現代において墨子は「科聖」と称され、科学技術の聖人と見なされるようになりました。

『墨子』では、「兼愛」「非攻」の思想を中心に、どうすれば世の中が治まるのかについて説かれますが、それだけにとどまらず、実に豊富な内容を含んでいます。ただ、『論語』や『老子』と大きく異なるのは、ことばが非常に長いこと。一つの問題について、さまざまな例を挙げながら、同じようなことを繰り返し説いていきます。「墨子の言っていることはわかるような、わからないような、つかみ所がない」、「なんだかとっつきにくい」、「ちょっと過激？」、『墨子』を読んだ学生からはそのような声がよく聞かれます。

今回の企画が始まったとき、墨子の思想は果たして読者にうまく伝わるのだろうかと不安になりました。思想の面白さは、『論語』にも『老子』にも負けるものではないと思います。日本における『墨子』研究は優れたものがあり、これまで『墨子』の名訳も多く出版されています。そのため、筆者のような若輩者ができることは一体何なのだろうかと頭を悩ませました。

そこで今回、意識したことが二つあります。一つは、ライトな『墨子』訳を目指すということ。できる限り親しみが持てるように、興味が持てるように配慮しました。そのため、『墨子』を篇の順に訳していくのではなく、テーマに分けて再構成することにしました。また、現代における墨子の役割について考え、なるべくその関連情報を盛り込むことにしました。もう一つは、新しい資料について解説すること。筆者は、中国の出土文献の研究をしています。現在、中国古代を研究する際に、出土文献の存在は見逃せないものとなっています。出土文献の中には、墨子に関わる新資料も含まれています。これは是非とも入れさせていただきたいと思い、最後に少し紙幅を取って詳しく説明することにしました。

このような方針で進めてきたわけですが、なにしろ手強い相手、非常に苦心しました。読者の皆様には、『墨子』の世界はどのように映るでしょうか。是非その目で体感してください。

草野友子

平成三十年六月

目次

八、さまざまな思考・問答・名言

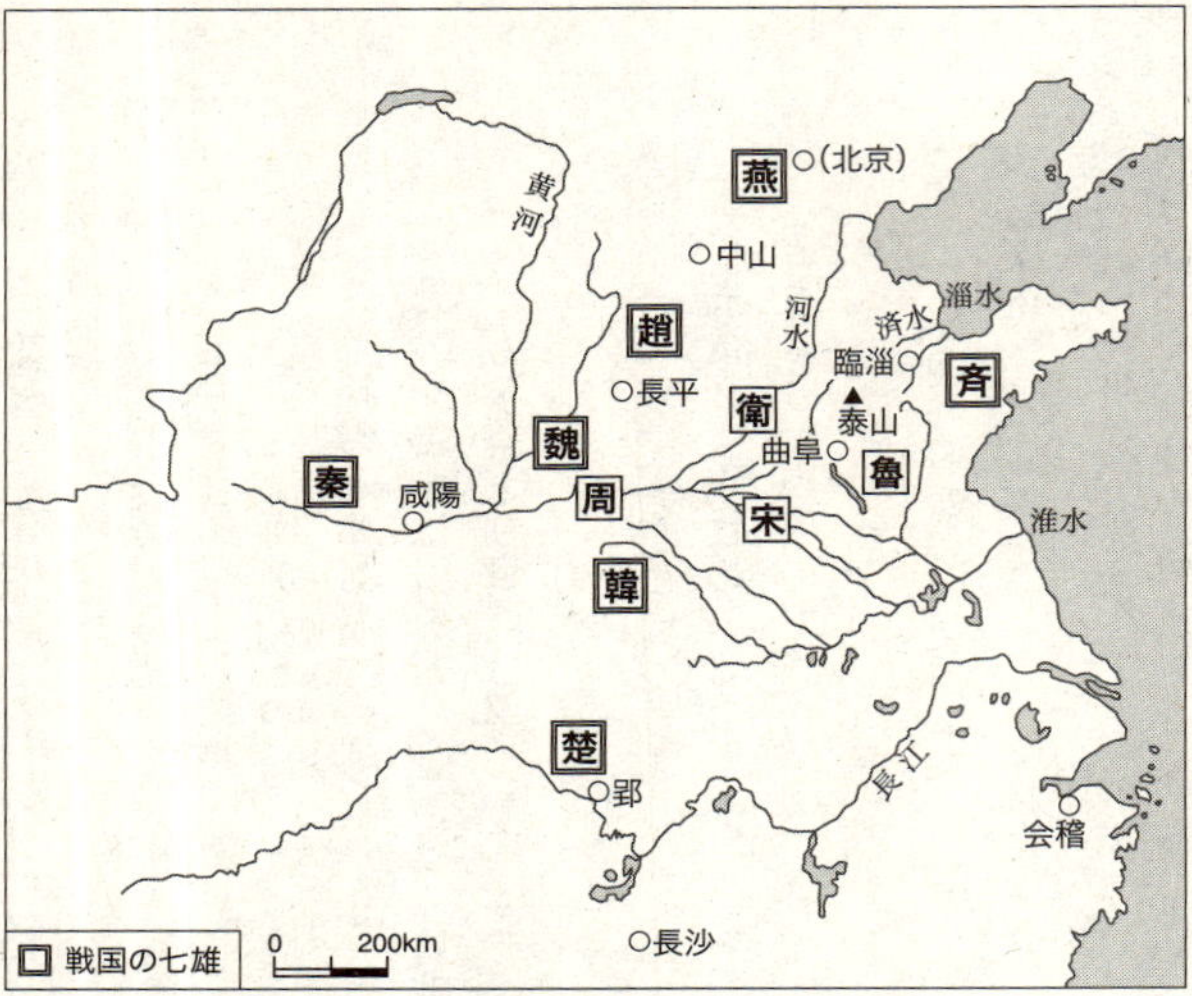
燕
○(北京)
黄河
○中山
趙
河水
済水
淄水
臨淄○
○長平
衛
▲泰山
斉
魏
曲阜○
魯
秦
咸陽
周
宋
淮水
韓
楚
○郢
長江
会稽
○長沙
戦国の七雄
0
200km

戦国時代の地図

『墨子』解説

一、儒家と墨家

墨家《ぼっか》の創始者である墨子《ぼくし》（前四七〇？～前四〇〇？）は、姓は墨《ぼく》、名は翟《てき》。出身地は魯《ろ》であるとも、宋《そう》であるとも言われています。その生涯についてはほとんどわかっていませんが、儒家《じゅか》の孔子《こうし》（前五五一？～前四七九頃）が亡くなってから少し後の戦国時代のはじめには、魯を拠点として集団を組織し、活動を開始したようです。

当初、墨家集団に入ってくる門弟たちは、さまざまな思惑をもって集まってくる烏合の衆にすぎませんでした。しかし、墨家の首領である「鉅子《きょし》」の統率により、やがて彼らは精鋭な思想集団、軍事組織へと変容していきます。そして、侵略戦争によって落城の危機に瀕した城邑《じょうゆう》があると、その救援にかけつけ、多彩な守城技術によって弱小国の危機を救うようになります。

そして、その勢力は儒家と二分するほどになり、儒家と墨家をあわせて「顕学《けんがく》」（世に顕《あらわ》れた学派）と称されるようになります。儒家の孟子（前三七二～前二八九）は仇敵《きゅうてき》であるかのように墨家を激しく批判し、次のように述べています。

楊朱《ようしゅ》・墨翟《ぼくてき》の言《げん》、天下《てんか》に盈《み》つ。天下《てんか》の言《げん》、楊《よう》に帰《き》せざれば、則《すなわ》ち墨《ぼく》に帰《き》す。楊氏《ようし》は我《わ》が為《ため》にす、是《こ》れ君《きみ》を無《な》みするなり。墨氏《ぼくし》は兼愛《けんあい》す、是《こ》れ父《ちち》を無《な》みするなり。父《ちち》を無《な》みし君《きみ》を無《な》みするは、是《こ》れ禽獣《きんじゅう》なり。（『孟子』滕文公下）

（楊朱（快楽主義を主張した人物）や墨翟の言が、天下に満ちている。天下の言で、楊朱のものでなければ、墨翟のものである。楊朱は自分のことばかり考えることを主張し、これは君を無視するものである。墨翟は兼愛を主張し、これは父を無視するものである。父を無視し君を無視するのは、人間ではなく禽獣《けだもの》である。）

墨翟（墨子紀念館）

このように大きな勢力を持っていた墨家は、墨子の死去後、三つ（一説には二つ）の集団に分裂し、互いに相手を「別墨《べつぼく》」と蔑称するようになります。そして、秦帝国が成立した頃に急速に衰退し、歴史上から突如、姿を消してしまいます。その原因は、墨家集団特有の強固な組織性と「義」の精神によるものだったのではないかと推測されます。また、漢代に儒家の思想が重視され、「儒教」として国教となったことも少なからず影響していると考えられます。

二、『墨子』のテキスト

『墨子』は墨家集団の創始者である墨翟とその弟子門人の思想を伝える書物です。もとは七十一篇あったようですが、今に伝わるのは五十三篇です。その内訳は以下の通りです。

第一類……親士・修身・所染・法儀・七患・辞過・三弁
第二類（十論）……尚賢（上・中・下）・尚同（上・中・下）・兼愛（上・中・下）・非攻（上・中・下）・節用（上・中）・節葬（下）・天志（上・中・下）・明鬼（下）・非楽（上）・非命（上・中・下）
第三類……経（上・下）・経説（上・下）・大取・小取
第四類……耕柱・貴義・公孟・魯問・公輸・非儒（下）
第五類……備城門・備高臨・備梯・備水・備突・備穴・備蛾傅・迎敵祠・旗幟・号令・雑守

そのうち以下の「十論」と呼ばれる部分は、墨子の十大スローガンであるとされています。

尚賢《しょうけん》……身分に関係なく能力による人材登用。家族主義の否定。
尚同《しょうどう》……それぞれの上位者に従うこと。墨家の組織論。
兼愛《けんあい》……自他・親疎の区別なく人を愛する。
非攻《ひこう》……強大国による侵略戦争の否定。
節用《せつよう》……費用の節約。儒家の礼楽論を批判。
節葬《せつそう》……埋葬の簡素化を主張。儒家の「厚葬久喪」を批判。
天志《てんし》……天の意志の存在を主張。
明鬼《めいき》……鬼神の存在を肯定。
非楽《ひがく》……音楽がもたらす弊害を主張。
非命《ひめい》……儒家の天命論を批判。

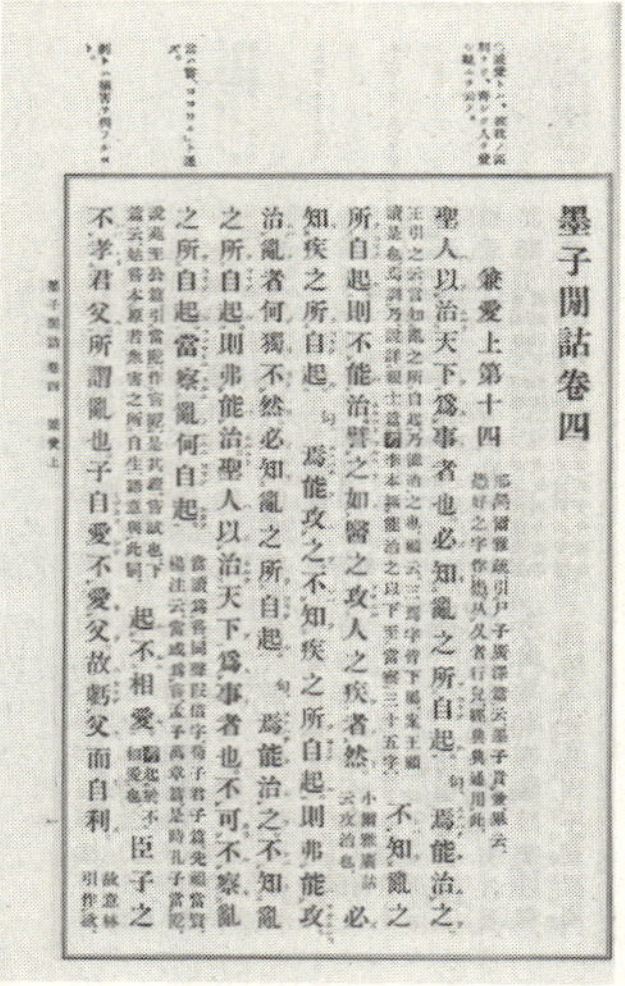
墨子閒詁卷四
兼愛上第十四
聖人以治天下爲事者也、必知亂之所自起、焉能治之、不知亂之所自起、則不能治。譬之如醫之攻人之疾者然、必知疾之所自起、焉能攻之、不知疾之所自起、則弗能攻。治亂者何獨不然、必知亂之所自起、焉能治之、不知亂之所自起、則弗能治。聖人以治天下爲事者也、不可不察亂之所自起。當察亂何自起、起不相愛。臣子之不孝君父、所謂亂也。子自愛不愛父、故虧父而自利。

『墨子間詁』（漢文大系）

墨子の思想は長らく表舞台から姿を消してしまうため、『墨子』のテキストの校訂や整理がほとんど行われず、しだいに難解な書となってきます。ようやく目が向けられるようになるのは、清代になってからでした。清代に西洋の列強から圧迫を受けるようになった際、墨子の思想とキリスト教との類似性が指摘されたり、科学技術の源流を墨子に求めるという考えが現れはじめたのです。

清代の学者たちは『墨子』のテキストの校訂を行い、それらの成果として有名なものが畢沅《ひつげん》の注釈書である経訓堂本《けいくんどうほん》『墨子』です。そして、その不足を補うために作られた孫詒譲《そんいじょう》（一八四八～一九〇八年）の『墨子間詁《ぼくしかんこ》』は『墨子』の注釈の中でも特に優れたものであるとされています。その後も、数々の注釈書が作成され、今に至っています。

日本にいつ頃『墨子』が伝来してきたのかは、はっきりとはわかっていません。ただ、平安時代末期の漢詩文集『本朝続文粋』には『墨子』の引用が見られるため、遅くともこの頃までには読まれていたことがわかります。江戸時代に入ると、秋山儀《あきやまぎ》（玉山《ぎょくざん》）が校訂した『墨子』の刊行（一七五七年）と、経訓堂本『墨子』の翻刻（一八三五年）とを契機に、『墨子』の研究が盛んに行われるようになったとされています。その後も数々の注釈書が作成されました。明治時代末期になると、『墨子間詁』をベースに、江戸時代の『墨子』研究や清代の研究成果を取り入れた注釈書、牧野謙次郎《まきのけんじろう》『墨子国字解』（一九一一年）が刊行されます。その二年後には、「漢文大系」（冨山房）の一つとして、戸崎允明《とざきみつあき》の『墨子考』を取り入れた、小柳司気太《おやなぎしげた》校訂の『墨子間詁』が出版されました。この二書は日本における『墨子』研究の代表的な書物といえるものです。

現代に入ってからも、『墨子』の全訳書、抄訳書、研究書、一般書などさまざまな書が刊行されています。ただ、やはり『論語』『老子』『孫子』などと比べると、とっつきにくいイメージがあるように思われます。そこで本書では、『墨子』の見所をテーマにわけて解説し、『墨子』の世界を体感していただきたいと考えます。

一、自分を愛するように他人を愛する

天下の乱れの原因を見きわめよ

聖人は天下を治めることを任務とする者である。〔天下を治めるためには〕乱れが起こる原因を知る必要があり、そうしてようやく治めることができるが、乱れが起こる原因を知らなければ、治めることはできない。たとえば、医者が人の病気を治すようなものである。病気の起こる原因を知ってこそ、はじめて治療ができるのであり、病気の起こる原因を知らなければ、治療することはできない。乱れを治めることもどうして同じではないことがあろうか〔いや、同じである〕。乱れが起こる原因を知ってこそ、よく治めることができ、乱れが起こる原因を知らなければ、治めることはできない。聖人は天下を治めることを任務とする者であるから、乱れの起こる原因を見きわめなければならない。

一　聖人《せいじん》は天下《てんか》を治《おさ》むるを以《もつ》て事《こと》を為《な》す者《もの》なり。

聖人以レ治ニ天下一為レ事者也。

必《かなら》ず乱《らん》の自《よ》りて起《おこ》る所《ところ》を知《し》れば、焉《すなわ》ち能《よ》く之《これ》を治《おさ》め、乱《らん》の自《よ》りて起《おこ》る所《ところ》を知《し》らざれば、則《すなわ》ち治《おさ》むこと能《あた》わず。之《これ》を譬《たと》うるに、医《い》の人《ひと》の疾《やまい》を攻《おさ》むる者《もの》の如《ごと》く然《しか》り。必《かなら》ず疾《やまい》の自《よ》りて起《おこ》る所《ところ》を知《し》れば、焉《すなわ》ち能《よ》く之《これ》を攻《おさ》め、疾《やまい》の自《よ》りて起《おこ》る所《ところ》を知《し》らざれば、則《すなわ》ち攻《おさ》むること能《あた》わず。乱《らん》を治《おさ》むる者《ものなん》何ぞ独《ひと》り然《しか》らざらんや。必《かなら》ず乱《らん》の自《よ》りて起《おこ》る所《ところ》を知《し》れば、焉《すなわ》ち能《よ》く之《これ》を治《おさ》め、乱《らん》の自《よ》りて起《おこ》る所《ところ》を知《し》らざれば、則《すなわ》ち治《おさ》むること能《あた》わず。聖人《せいじん》は天下《てんか》を治《おさ》むるを以《もっ》て事《こと》を為《な》す者《もの》なり、乱《らん》の自《よ》りて起《おこ》る所《ところ》を察《さっ》せざるべからず。

必知三乱之所二自起一、焉能治レ之、不レ知三乱之所二自起一、則不レ能レ治。譬レ之、如下医之攻二人之疾一者上然。必知三疾之所二自起一、焉能攻レ之、不レ知三疾之所二自起一、則弗レ能レ攻。治レ乱者何独不レ然。必知三乱之所二自起一、焉能治レ之、不レ知三乱之所二自起一、則弗レ能レ治。聖人以レ治二天下一為レ事者也、不レ可レ不レ察三乱之所二自起一。（兼愛上）

乱れの原因は

試みに乱れがどんな原因で起こるかを考察してみると、それは相愛しないことから起こる。臣や子が君や父に孝を尽くさないのが、いわゆる乱れである。子は自分を愛して父を愛さないから、父をそこなって（おろそかにして）自分の利益を求める。弟は自分を愛して兄を愛さないから、兄をそこなって自分の利益を求める。臣は自分を愛して君を愛さないから、君をそこなって自分の利益を求める。これがいわゆる乱れである。父が子を慈しまず、兄が弟を慈しまず、君が臣を慈しまないのも、これまた天下のいわゆる乱れである。父は自分を愛して子を愛さないから、子をそこなって自分の利益を求める。兄は自分を愛して弟を愛さないから、弟をそこなって自分の利益を求める。君は自分を愛して臣を愛さないから、臣をそこなって自分の利益を求める。これはなぜであろうか、すべて相愛しないことから起こるのである。

当《こころ》みに乱《らん》の何《なん》に自《よ》りて起《おこ》るかを察《さつ》するに、相愛《あいあい》さざるに起《おこ》る。臣子《しんし》の君父《くんぷ》に孝《こう》ならざるは、所謂乱《いわゆるらん》なり。子《こ》は自《みずか》ら愛《あい》して父《ちち》を愛《あい》さず、故《ゆえ》に父《ちち》を虧《か》きて自《みずか》ら利《り》す。弟《おとうと》は自《みずか》ら愛《あい》して兄《あに》を愛《あい》さず、故《ゆえ》に兄《あに》を虧《か》きて自《みずか》ら利《り》す。臣《しん》は自《みずか》ら愛《あい》して君《きみ》を愛《あい》さず、故《ゆえ》に君《きみ》を虧《か》きて自《みずか》ら利《り》す。此《こ》れ所謂乱《いわゆるらん》なり。父《ちち》の子《こ》を慈《じ》せず、兄《あに》の弟《おとうと》を慈《じ》せず、君《きみ》の臣《しん》を慈《じ》せずと雖《いえど》も、此《こ》れ亦天下《またてんか》の所謂乱《いわゆるらん》なり。父《ちち》は自《みずか》ら愛《あい》して子《こ》を愛《あい》さず、故《ゆえ》に子《こ》を虧《か》きて自《みずか》ら利《り》す。兄《あに》は自《みずか》ら愛《あい》して弟《おとうと》を愛《あい》さず、故《ゆえ》に弟《おとうと》を虧《か》きて自《みずか》ら利《り》す。君《きみ》は自《みずか》ら愛《あい》して臣《しん》を愛《あい》さず、故《ゆえ》に臣《しん》を虧《か》きて自《みずか》ら利《り》す。是《こ》れ何《なん》ぞや、皆相愛《みなあいあい》さざるに起《おこ》る。

当察二乱何自起一、起レ不二相愛一。臣子之不レ孝二君父一、所謂乱也。子自愛不レ愛レ父、故虧レ父而自利。弟自愛不レ愛レ兄、故虧レ兄而自利。臣自愛不レ愛レ君、故虧レ君而自利。此所謂乱也。雖二父之不レ慈レ子、兄之不レ慈レ弟、君之不レ慈レ臣、此亦天下之所謂乱也。父自愛也不レ愛レ子、故虧レ子而自利。兄自愛也不レ愛レ弟、故虧レ弟而自利。君自愛也不レ愛レ臣、故虧レ臣而自利。是何也、皆起レ不二相愛一。(兼愛上)

盗賊の原因は

天下の盗賊をなす者も、このような理由による。盗（泥棒）は自分の家を愛して、他人の家を愛さないから、他人の家に盗みに入って自分の家の利益を求める。賊（人に危害を加える者）は自分の身を愛して他人を愛さないから、人に危害を加えてその身の利益を求める。これはなぜであろうか、すべて相愛しないことから起こるのである。

天下《てんか》の盗賊《とうぞく》を為《な》す者《もの》に至《いた》ると雖《いえど》も亦然《またしか》り。盗《とう》は其《そ》の室《しつ》を愛《あい》し、其《そ》の異室《いしつ》を愛《あい》さず、故《ゆえ》に異室《いしつ》を窃《ぬす》みて以《もっ》て其《そ》の室《しつ》を利《り》す。賊《ぞく》は其《そ》の身《み》を愛《あい》して人《ひと》の身《み》を愛《あい》さず、故《ゆえ》に人《ひと》の身《み》を賊《そこな》い

雖レ至下天下之為二盗賊一者上亦然。盗愛二其室一、不レ愛二其異室一、故窃二異室一以利二其室一。賊愛二其身一、不レ愛二人身一、故

て以《もっ》て其《そ》の身《み》を利《り》す。此《こ》れ何《なん》ぞや、皆相愛《みなあいあい》さざるに起《おこ》る。

賊㆓人身㆒以利㆓其身㆒。此何也。皆起㆑不㆓相愛㆒。（兼愛上）

国同士の争いの原因は

また、大夫は互いに相手の家を乱し、諸侯が相手の国を攻めあうのも、このような理由による。大夫は各々その家を愛し、他人の家を愛さないから、他人の家を乱して自分の利益を求める。諸侯は各々その国を愛し、他国を愛さないから、他国を攻めて自分の国の利益を求める。天下が乱れるという事実は、すべてこれに尽きる。これがどんな原因で起こるのかを考察すると、すべて相愛しないことから起こるのである。

大夫《たいふ》の家《いえ》を相乱《あいみだ》し、諸侯《しょこう》の国《くに》を相攻《あいせ》むる者《もの》に至《いた》ると雖《いえど》も亦然《またしか》り。大夫《たいふ》は各《おのおの》其《そ》の家《いえ》を愛《あい》

雖㆑至㆘大夫之相㆓乱家㆒、諸侯之相㆓攻国㆒者㆖亦然。大夫各愛㆓

し、異家《いか》を愛《あい》さず、故《ゆえ》に異家《いか》を乱《みだ》して以《もっ》て其《そ》の家《いえ》を利《り》す。諸侯《しょこう》は各《おのおの》其《そ》の国《くに》を愛《あい》し、異国《いこく》を愛《あい》さず、故《ゆえ》に異国《いこく》を攻《せ》めて以《もっ》て其《そ》の国《くに》を利《り》す。天下《てんか》の乱物《らんぶつ》、此《これ》に具《そな》わるのみ。此《こ》れ何《なん》に自《よ》りて起《おこ》るかを察《さつ》するに、皆相愛《みなあいあい》さざるに起《おこ》る。

其家㆒、不㆑愛㆓異家㆒、故乱㆓異家㆒以利㆓其家㆒。諸侯各愛㆓其国㆒、不㆑愛㆓異国㆒、故攻㆓異国㆒以利㆓其国㆒。天下之乱物、具㆑此而已矣。察㆓此何自起㆒、皆起㆑不㆓相愛㆒。（兼愛上）

兼愛すれば天下は治まる

もし天下の人々に互いに兼愛することをさせるならば、国と国とは互いに攻めあうことなく、家と家とは互いに乱れることなく、盗賊はあることなく、君臣父子はみな孝慈の心をもつようになるであろう。このようであれば、天下は治まるのである。

だから聖人で天下を治めることを任務とする者は、どうして悪を禁じて愛を勧めないでいられようか。そうして天下は互いに兼愛すれば治まるが、互いに憎しみあえば乱れる。そこで子墨子は、「人を愛することを勧めなければならない」と言われたのである。

若《も》し天下《てんか》をして兼《かね》て相愛《あいあい》さしめば、国《くに》と国《くに》とは相攻《あいせ》めず、家《いえ》と家《いえ》とは相乱《あいみだ》れず、盗賊《とうぞく》有《あ》ること無《な》く、君臣父子《くんしんふし》皆《みな》能《よ》く孝慈《こうじ》ならん。此《か》くの若《ごと》くならば則《すなわ》ち天下《てんか》治《おさ》まらん。

故《ゆえ》に聖人《せいじん》の天下《てんか》を治《おさ》むるを以《もつ》て事《こと》と為《な》す者《もの》、悪《いずく》んぞ悪《あく》を禁《きん》じて愛《あい》を勧《すす》めざるを得《え》んや。故《ゆえ》に天下《てんか》は兼《かね》て相愛《あいあい》すれば則《すなわ》ち治《おさ》まり、交相《こもごもあい》悪《にく》めば則《すなわ》ち乱《みだ》る。故《ゆえ》に子墨子《しぼくし》曰《いわ》く、「以《もつ》て人《ひと》

若使㆓天下兼相愛㆒、国与㆑国不㆓相攻㆒、家与㆑家不㆓相乱㆒、盗賊無㆑有、君臣父子皆能孝慈。若㆑此則天下治。

故聖人以㆑治㆓天下㆒為㆑事者、悪得㆑不㆓禁㆑悪而勧㆒㆑愛。故天下兼相愛則治、交相悪則乱。故子墨子曰、「不㆑可㆓以不㆒㆑勧㆑

愛レ人者、此也。」（兼愛上）

を愛《あい》するを勧《すす》めざるべからざるとは、此《こ》れなり」と。

▽墨子は、天下の乱れの原因は、人々が「自ら愛して」、他者を愛さず、自分の「利」だけを追求し、他者を「虧《か》」くことにあると述べています。これは、親子・君臣・兄弟関係にも当てはまり、盗賊が他者から盗み、諸国が他国を侵略する際にも該当します。つまり、天下の乱れはすべて「相愛さざる」ことによって起こるのです。

そこで、墨子が提唱するのは「兼愛」、すなわち「自分を愛するように他人を愛する」という思想です。世の中の人々が、「兼愛」の精神に目覚めれば、位が上の者は「慈」の心を持ち、位が下の者は「孝」の心を持って、世はおのずから治まっていくと主張しています。

「兼愛」は、自分への愛と他人への愛との間に区別を設けてはならないとするもので、いわゆる博愛や平等愛とは異なります。また、この思想の根底には、儒家への批判があります。儒家は、最も身近な血縁者、すなわち「親」を愛するところからはじめ、それを兄弟・親族などの年長者、社会に出た際の上司にあたる人へと徐々に拡大していくという考え方で、差等愛《さとうあい》（身近な人を愛し、疎遠になるほど愛は薄くなる）とも言われます。

また、墨子は、「天下の利益」は平等から生まれ、「天下の損害」は差別から起こるという前提に立ち、「兼愛」は結果的に互いの福利を増進することになると説きます。そのことを「交利」と言い、互いに互いの利益を考え、実践することから道徳が成り立つという「兼愛交利」を説きました。

二、「非攻」と「非戦」

正義と不義

いま一人の者がいて、他人の畑に入って桃や李をぬすんだとする。人々はそれを聞いて非としてそしり、上にある為政者はとらえて罰するであろう。これはなぜであろうか。他人に損害を加えて自分の利益をはかるからである。他人の犬や豚や鶏をぬすむ者にいたっては、その不義《ふぎ》はまた他人の畑に入って桃や李をぬすむより甚だしい。これはなぜであろうか。他人に損害を加えることがいよいよ多いからである。その不仁はますます甚だしく、罪はますます重い。他人の畜舎に入って人の馬や牛を取る者に至っては、その不義はまた人の犬や豚や鶏をぬすむ者より甚だしい。これはなぜであろうか。他人に損害を加えることがいよいよ多いからである。まして他人に損害を加えることがいよいよ多ければ、その不仁はますます甚だしく、罪はますます重い。罪のない人を殺して、その衣服を奪い、戈や剣を取る者に至っては、その不義はまた人の畜舎に入って人の馬や牛を取るより甚だしい。これはなぜであろうか。他に損害を加えることがいよいよ多いからである。まして他人に損害を加えることがいよいよ多ければ、その不仁はますます甚だしく、罪はますます重い。これらのことは、天下の君子が皆知っていて之を非となし、これを不義とする。いま大いに不義をなして国を攻めるに至っては、非となすことを知らず、そのうえこれを誉め、これを義とする。これでは義と不義との別を知っているといえようか。

今《いま》一人《いちにん》有《あ》り、人《ひと》の園圃《えんぽ》に入《い》りて、其《そ》の桃李《とうり》を窃《ぬす》む。衆《しゅう》聞《き》きて則《すなわ》ち之《これ》を非《ひ》とし、上《かみ》の政《せい》を為《な》す者《もの》得《え》て則《すなわ》ち之《これ》を罰《ばつ》せん。此《こ》れ何《なん》ぞや。人《ひと》を虧《か》きて自《みずか》ら利《り》するを以《もっ》てなり。人《ひと》の犬豕鶏《けんしけい》豚《とん》を攘《ぬす》む者《もの》に至《いた》りては、其《そ》の不義《ふぎ》は又《また》人《ひと》の園《えん》圃《ぽ》に入《い》りて桃李《とうり》を窃《ぬす》むより甚《はなは》だし。此《こ》れ何《なん》の

今有二一人一、入二人園圃一、窃二其桃李一。衆聞則非レ之、上為レ政者得則罰レ之。此何也。以二虧レ人自利一也。至下攘二人犬豕鶏豚一者上、其不義又甚下入二人園圃一窃中桃李上。此何故也。以二

故《ゆえ》ぞや。人《ひと》を虧《か》くこと愈《いよいよ》多《おお》きを以《もつ》てなり。其《そ》の不仁《ふじん》は茲《ますます》甚《はなは》だしく、罪《つみ》は益《ますます》厚《あつ》し。人《ひと》の欄廏《らんきゅう》に入《い》りて人《ひと》の馬牛《ばぎゅう》を取《と》る者《もの》に至《いた》りては、其《そ》の不義《ふぎ》は又人《またひと》の犬豕鶏豚《けんしけいとん》を攘《ぬす》むより甚《はなは》だし。此《こ》れ何《なん》の故《ゆえ》ぞや。其《そ》の人《ひと》を虧《か》くこと愈《いよいよ》多《おお》きを以《もつ》てなり。苟《いや》しくも人《ひと》を虧《か》くこと愈《いよいよ》多《おお》ければ、其《そ》の不仁《ふじん》は茲《ますます》甚《はなは》だしく、罪《つみ》は益《ますます》厚《あつ》し。不辜《ふこ》の人《ひと》を殺《ころ》し、其《そ》の衣裘《いきゅう》を扡《うば》い、戈剣《かけん》を取《と》る者《もの》に至《いた》りては、其《そ》の不義《ふぎ》は又人《またひと》の欄廏《らんきゅう》に入《い》りて人《ひと》の馬牛《ばぎゅう》を取《と》るより甚《はなは》だし。此《こ》れ何《なん》の故《ゆえ》ぞや。其《そ》の人《ひと》を虧《か》くこと愈《いよいよ》多《おお》きを以《もつ》てなり。苟《いや》しくも人《ひと》を虧《か》くこと愈《いよいよ》多《おお》ければ、其《そ》の不仁《ふじん》は茲《ますます》甚《はなは》だしく、罪《つみ》は益《ますます》厚《あつ》し。此《か》くの当《ごと》き

虧㆑人愈多㆒。其不仁茲甚、罪益厚。至㆘入㆓人欄廏㆒取㆓人馬牛㆒者㆖、其不義又甚㆑攘㆓人犬豕鶏豚㆒。此何故也。以㆓其虧㆑人愈多㆒。苟虧㆑人愈多、其不仁茲甚、罪益厚。至㆘殺㆓不辜人㆒、扡㆓其衣裘㆒、取㆓戈剣㆒者㆖、其不義又甚㆘入㆓人欄廏㆒取㆗人馬牛㆖。此何故也。以㆓其虧㆑人愈多㆒。苟虧㆑人愈多、其不仁茲甚矣、罪益厚。当㆑此、天下之君子皆知而非㆑之、謂㆓之不義㆒。今至㆘大為㆓不義㆒攻㆖㆑国、

は、天下《てんか》の君子《くんし》皆《みな》知りて之《これ》を非《ひ》し、之《これ》を不義《ふぎ》と謂《い》う。今大《いまおお》いに不義《ふぎ》を為《な》して国《くに》を攻《せ》むるに至《いた》りては、則《すなわ》ち非《ひ》とするを知《し》らず、従《したが》いて之《これ》を誉《ほ》め、之《これ》を義《ぎ》と謂《い》う。此《こ》れ義《ぎ》と不義《ふぎ》との別《べつ》を知《し》ると謂《い》うべきか。

則弗レ知レ非、従而誉レ之、謂二之義一。此可レ謂レ知下義与二不義一之別上乎。（非攻上）

一人を殺せばこれを不義といい、一つの死罪を犯したことになる。もしこの道理からいえば、十人を殺すと不義は十倍となり、十の死罪を犯したことになる。百人を殺すと不義は百倍になり、百の死罪を犯したことになる。これらのことは、天下の君子はみな知っていて非難しており、これを不義とする。ところが今、大いに不義をなして（正義に背いて）他国を攻めているのに、これを非難することを知らないだけでなく、かえってこれを誉め、これを正義だとする。本当にそれが不義であることを知らないのである。だからこそ、他国を攻め〔それを讃美し〕

た話を書いて後世に遺すのである。もしそれが不義であることを知っていれば、その不義を書いて後世に伝える道理はないのである。

一人《いちにん》を殺《ころ》さば之《これ》を不義《ふぎ》と謂《い》い、必《かなら》ず一死罪《いちしざい》有《あ》り。若《も》し此《こ》の説《せつ》を以《もっ》て往《ゆ》かば、十人《じゅうにん》を殺《ころ》さば不義《ふぎ》を十重《じゅうじゅう》し、必《かなら》ず十死罪《じゅうしざい》有《あ》り。百人《ひゃくにん》を殺《ころ》さば不義《ふぎ》を百重《ひゃくじゅう》し、必《かなら》ず百死罪《ひゃくしざい》有《あ》り。此《か》くの当《ごと》きは、天下《てんか》の君子《くんし》皆《みな》知《し》りて之《これ》を非《ひ》とし、之《これ》を不義《ふぎ》と謂《い》う。今大《いまおお》いに不義《ふぎ》を為《な》して国《くに》を攻《せ》めるに至《いた》りては、則《すなわ》ち非《ひ》とするを知《し》らず、従《よ》りて之《これ》を誉《ほ》め、之《これ》を義《ぎ》と謂《い》う。情《まこと》に其《そ》の不義《ふぎ》を知《し》らざるなり。故《ゆえ》に其《そ》の言《げん》を書《しょ》して以《もっ》て後《こう》世《せい》に遺《のこ》す。若《も》し其《そ》の不義《ふぎ》を知《し》らば、夫《そ》れ奚《なん》の説《せつ》

殺二一人一謂二之不義一、必有二一死罪一矣。若以二此説一往、殺二十人一十二重不義一、必有二十死罪一矣。殺二百人一百二重不義一、必有二百死罪一矣。当レ此、天下之君子皆知而非レ之、謂二之不義一。今至下大為二不義一攻上レ国、則弗レ知レ非、従而誉レ之、謂二之義一。情不レ知二其不義一也。故書二其言一以遺二後世一。若知二

ありて其《そ》の不義《ふぎ》を書《しょ》して以《もつ》て後世《こうせい》に遺《のこ》さんや。

其不義㆒也、夫奚説書㆓其不義㆒以遺㆓後世㆒哉。（非攻上）

▽墨子の思想の中で、「兼愛」とともに重要なものが「非攻《ひこう》」です。ただし、いわゆる「非戦《ひせん》」と「非攻」とは、意味が異なります。

　非攻篇の冒頭は、日常的に発生するさまざまな犯罪の例を挙げ、その犯す罪は順を追って重く、不正義であることはますます甚だしいと指摘します。そして、各国の為政者たちはこの理屈は理解できても、自身が他国を侵略することの罪の重さはまったく理解できていないと非難します。つまり、他国への侵略を最大の犯罪として、日常的に起こる犯罪の延長線上に位置づけ、その不当性を主張しているのです。

　そして墨子は、一人を殺せば、人々はみな「人殺し」と声高に叫び、死罪が適用されるのに、大量殺人を犯す侵略戦争は、なぜ不義だと言われないのかと説き、天下の正義と不義のとらえ方には重大な誤りがあるのだと指摘します。

　墨子は、「兼愛」の理想を最も破壊するものは、強大国による侵略戦争であると考えます。そして、「兼愛」の思想を基盤として「非攻」を説き、侵略戦争阻止という実践活動に奔走します。その実践活動とは、自ら戦闘集団を組織して、弱小国の救援に出動するというものでした。つまり、「非戦」ではないのです。

また、墨子の中には、二つの「兵」が登場します。否定される「兵」は、侵略戦争を行う「兵」。肯定される「兵」は、古の聖王が天命を受けて不義の暴君を罰するための誅罰「誅《ちゅう》」と、大国による攻撃から弱小国を救援するための防衛戦としての「救」。このような軍事行動だけが、「義」として認められています。

また、『墨子』の中には、備城門（城門の備え）、備梯（雲梯に対する防備）、備水（水攻めへの備え）、備穴（穴への備え）、旗幟（命令を知らせる旗）、号令などといった軍事技術に関する篇が約二〇篇あります。その具体的な内容を、備城門篇と備梯篇の一部を例に見てみましょう。

小国を守る守備と君主の関係

禽滑釐《きんかつり》が子墨子に問うて言った、「聖人の言葉によると、〔瑞象である〕鳳凰が現れず、諸侯は殷周にそむき、戦争が天下に起こり、大国は小国を攻め、強者は弱者をとらえている。私は小国を守ろうと思うのですが、どうしたらよいでしょうか」と。子墨子が言われた、「どのような攻撃を防ごうというのか」と。禽滑釐が答えて言った、「今の世で、常に攻撃する手段は、臨《りん》（城外に土を城壁より高く盛り上げて城壁を攻める、船を並べる。）・鉤《こう》（長い鉤《かぎ》を城壁にかけて攻め上る）・衝《しょう》（堅固に作られた車「衝車」によって城壁を突き破る）・梯《てい》（雲梯を用いる）・堙《いん》（塀を埋める）・水《すい》（水攻め）・穴《けつ》（トンネルを掘り城内に攻める）・突《とつ》（詳細不明。一説に、奇襲法）・空洞《くうどう》（城壁に穴を掘る）・蟻傅《ぎふ》（蟻が集まるように一度に多数の兵が城壁にとりついて攻める）・轒轀《ふんうん》（矢石避けの囲いのある四輪車に兵士が乗り、城壁に接近して堀を攻める）・軒車《けんしゃ》（車の上に物見台があり、それがろくろの仕掛けで上下する）です。この十二の攻撃を守るにはどうしたらよいのか、おたずねしたいのです」と。子墨子が言われた、「わが城や堀が整備して、守備の武器が完備し、薪や食糧が充足し、君臣が互いに親しみ、また四方の諸侯の救援を得る、これらのことが防御の条件である。また、守備の人がすぐれていても、君主がこれを任用しなければ、やはり守ることはできない。もし君主が任用しても、守備の人が必ずその能力があるとは限らない。守備の人がその能力がなくて君主がこれを任用すると、やはり守ることはできない。そうすると、守備の人がすぐれていて、そして君主がこれを尊んで用いて、はじめて守ることができる」と。

禽滑釐《きんかつり》子墨子《しぼくし》に問《と》いて曰《いわ》く、「聖人《せいじん》の言《げん》に由《よ》れば、鳳鳥《ほうちょう》の出《い》でず、諸侯《しょこう》は殷周《いんしゅう》の国《くに》に畔《そむ》き、甲兵《こうへい》方《まさ》に天下《てんか》に起《おこ》り、大《だい》は小《しょう》を攻《せ》め、強《きょう》は弱《じゃく》を執《とら》う。吾《われ》小国《しょうこく》を守《まも》らんと欲《ほっ》す、之《これ》を為《な》すこと奈何《いかん》」と。子墨子《しぼくし》曰《いわ》く、「何《なん》の攻《せ》むるを之《こ》れ守《まも》るや」と。禽滑釐《きんかつり》対《こた》えて曰《いわ》く、「今《いま》の世《よ》、常《つね》に攻《おさ》むる所以《ゆえん》の者《もの》は、臨《りん》・鉤《こう》・衝《しょう》・梯《てい》・堙《いん》・水《すい》・穴《けつ》・突《とつ》・空洞《くうどう》・蟻傅《ぎふ》・轒《ふん》

禽滑釐問二於子墨子一曰、「由二聖人之言一、鳳鳥之不レ出、諸侯畔二殷周之国一、甲兵方起二於天下一、大攻レ小、強執レ弱。吾欲レ守二小国一、為レ之奈何。」子墨子曰、「何攻之守。」禽滑釐対曰、「今之世、常所二以攻一者、臨・鉤・衝・梯・堙・

輼《うん》・軒車《けんしゃ》なり。敢《あ》て問《と》う、此《こ》の十二《じゅうに》を守《まも》る者《もの》は奈何《いかん》」と。子墨子《しぼくし》曰《いわ》く、「我《わ》が城池修《じょうちおさ》まり、守器具《しゅきそな》わり、樵粟足《しょうぞくた》り、上下相親《じょうげあいした》しみ、又四《またし》隣諸侯《りんしょこう》の救《すく》いを得《え》る、此《こ》れ持《じ》する所以《ゆえん》なり。且《か》つ守《まも》る者《もの》は善《よ》しと雖《いえど》も、而《しか》るに君之《きみこれ》を用《もち》いざれば、則《すなわ》ち猶《な》お若《こ》れ以《もつ》て守《まも》るべからず。若《も》し君之《きみこれ》を用《もち》うるも、守《まも》る者又必《ものまたかなら》ず能《のう》あらんや。守《まも》る者能《もののう》あらずして君之《きみこれ》を用《もち》うれば、則《すなわ》ち猶《な》お若《こ》れ以《もつ》て守《まも》るべからず。然《しか》らば則《すなわ》ち守《まも》る者《もの》必《かなら》ず善《よ》くして君之《きみこれ》を尊用《そんよう》し、然《しか》る後《のち》に以《もつ》て守《まも》るべし」と。

水・穴・突・空洞・蟻傅・轒輼・軒車。敢問、守二此十二一者奈何。」子墨子曰、「我城池修、守器具、樵粟足、上下相親、又得二四隣諸侯之救一、此所二以持一也。且守者雖レ善、而君不レ用レ之、則猶若不レ可二以守一也。若君用レ之、守者又必能乎。守者不レ能而君用レ之、則猶若不レ可二以守一也。然則守者必善而君尊二用之一、然後可二以守一也。」（備城門）

守備の十四箇条

およそ守備の方法は、城壁が厚くて高く、城池が深くして広く、高楼や欄干などの守備の備えが整い、薪や食糧が三ヶ月以上ささえるに足り、人が多くて練られ、官吏や民が和合し、大臣は国に大きな功績がある者が多く、君主は信実があって義を守り、万民はこれを楽しむことが限りない。もしそうでなければ父母や墳墓がその地にあるとか、山林や草沢からの利益が多いとか、地形が攻め難く守り易いとか、敵に深い怨みがあって国のために大功をたてるとか、賞が明らかで信頼できて罰が厳しくて畏敬するに足りるなどである。この十四箇条がそなわれば、人民もお上を疑わない。そうしてこそ城を守ることができ、十四箇条の一つもなければ、守備にすぐれた者であっても守ることができない。

凡《およ》そ守圉《しゅぎょ》の法《ほう》、城厚《しろあつ》くして以《もつ》て高《たか》く、池深《いけぶか》くして以《もつ》て広《ひろ》く、高楼撕揗《こうろうせいじゅん》、守備《しゅび》繕利《ぜんり》し、薪《しん》

凡守圉之法、城厚以高、池深以広、高楼撕揗、守備繕利、

食《しょく》は以《もっ》て三月以上《さんがついじょう》を支《ささ》うるに足《た》り、人衆《ひとおお》くして以《もっ》て選《せん》、吏《り》民和《みんわ》し、大臣《だいじん》は上《かみ》に功労有《こうろうあ》る者《もの》多《おお》く、主《しゅ》は信《しん》にして以《もっ》て義《ぎ》、万民《ばんみん》は之《これ》を楽《たの》しむこと窮《きわま》り無し。然《しか》らずんば父母墳墓《ふぼふんぼ》在《あ》り、然《しか》らずんば山林草沢《さんりんそうたく》の饒《じょう》は利《り》するに足《た》り、然《しか》らずんば地形《ちけい》の攻《せ》め難《にく》くして守《まも》り易《やす》く、然《しか》らずんば則《すなわ》ち適《てき》（＝敵）に深怨有《しんえんあ》りて上《かみ》に大功《たいこう》有《あ》り、然《しか》らずんば則《すなわ》ち賞明《しょうあき》らかに信《しん》ずべくして罰厳《ばつげん》に畏《おそ》るるに足《た》る。此《こ》の十四《じゅうし》の者具《ものそな》われば、則《すなわ》ち民《たみ》も亦其《またそ》の上《かみ》を疑《うたが》わず。然《しか》る後《あと》に城《しろ》守《まも》るべく、十四《じゅうし》の者一《ものいつ》も無《な》くんば、則《すなわ》ち善《よ》く守《まも》る者《もの》と雖《いえど》も守《まも》ること能《あた》わず。

薪食足㆔以支㆓三月以上㆒、人衆以選、吏民和、大臣有㆔功㆓労於上㆒者多、主信以義、万民楽㆑之無㆑窮。不㆑然父母墳墓在焉、不㆑然山林草沢之饒足㆑利、不㆑然地形之難㆑攻而易㆑守也、不㆑然則有㆔深㆓怨於適㆒而有㆔大㆓功於上㆒、不㆑然則賞明可㆑信而罰厳足㆑畏也。此十四者具、則民亦不㆑疑㆓其上㆒矣。然後城可㆑守、十四者無㆑一、則雖㆓善守者㆒不㆑能㆑守矣。

（備城門）

雲梯の防ぎ方

子墨子が言われた、雲梯《うんてい》の守を問うのか。雲梯は重い兵器であり、その移動は困難である。これを防御するには行城や雑楼を造り、間隔をおいて城上にめぐって配置する。その間隔は城の広狭によって度合いをはかる。その間隔には藉幕（幔幕）を張るから、そこをあまり広くしてはいけない。行城の法は、城上二十尺の高さで、その上に姫垣（低い垣根）を造り幅は十尺、左右に距（鶏のけづめのような突起物）を出し、各々二十尺である。雑楼の高さと広さは行城の法と同じである。また爵穴や煇鼠などの外を見る小穴をつくり、荅をその外に施す。また機衝や桟城などの防御の設けを造り、幅は敵の隧道と同じにする。またその間にのみや剣を配置する。衝を扱う者は十人、剣を執るものは五人、みな力のある者をあてる。また案目という器具で敵の様子を見させて、鼓を撃って号令を発し、両側からはさんで矢を射かけ、重ねて射かけ、さらに発射機で発射して敵をたおす。また城壁の上からは矢・石・沙・灰を雨のように降らし、続いて薪火と熱湯をそそぎかかて効果をあげる。そして賞罰を厳正にし、日常は平静を守るが、有事の際に処するには敏速に行動し、顧慮の念を起こさせない（行き過ぎたり早まったりしない）ようにする。このように対処すれば、雲梯の攻撃は失敗するだろう。

子《し》墨子《ぼくし》曰《いわ》く、雲梯《うんてい》の守《しゅ》を問《と》うか。雲梯《うんてい》は重《じゅう》器《き》なり、亓《そ》の動移《どうい》甚《はなは》だ難《かた》し。守《まも》るに行城《こうじょう》 雑《ざつ》楼《ろう》を為《つく》り、相見《あいみ》てて以《もっ》て環《めぐ》る。亓《そ》の中《なか》は広《こう》陜《きょう》に適《てき》するを以《もっ》て度《ど》と為《な》す。環中《かんちゅう》に藉幕《せきばく》あり、亓《そ》の処《ところ》を広《ひろ》くする毋《なか》れ。行城《こうじょう》の法《ほう》は、城《じょう》より高《たか》きこと二十尺《にじっしゃく》、上《うえ》に堞《ちょう》を加《くわ》え、広《ひろ》さ十尺《じっしゃく》、左右《さゆう》に巨《きょ》を出《いだ》し、各二十尺《かくにじっしゃく》。雑楼《ざつろう》の高広《こうこう》は、

子墨子曰、問二雲梯之守一邪。雲梯者重器也、亓動移甚難。守為二行城雑楼一、相見以環。亓中以レ適二広陜一為レ度。環中藉幕、毋レ広二亓処一。行城之法、高レ城二十尺、上加レ堞、広十尺、左右出レ巨、各二十

行城《こうじょう》の法《ほう》の如《ごと》し。爵穴《しやくけつ》・煇鼠《くんそ》を為《つく》り、答《とう》を亓《そ》の外《ほか》に施《ほどこ》す。機衝桟城《きしょうさんじょう》は、広《ひろ》さ隊《たい》と等《ひと》し。亓《そ》の間《かん》に雑《まじ》うるに鐫剣《せんけん》を以《もっ》てす。衝《しょう》を持《じ》するもの十人《じゅうにん》、剣《けん》を執《と》るもの五人《ごにん》、皆有力《みなゆうりょく》の者《もの》を以《もっ》てす。案目《あんもく》なる者《もの》をして適《てき》（＝敵《てき》）を視《み》しめ、鼓《こ》を以《もっ》て之《これ》を発《はっ》し、夾《はさ》んで之《これ》を射《い》、重《かさ》ねて之《これ》を射《い》、披機《ひき》之《これ》を藉《せき》す。城上《じょうじょう》繁《しげ》く矢石沙灰《しせきさかい》を下《くだ》して、以《もっ》て之《これ》に雨《あめふ》らし、薪火水湯《しんかすいとう》以《もっ》て之《これ》を済《な》す。賞《しょう》を審《つまびら》かにして罰《ばつ》を行《おこな》い、静《せい》を以《もっ》て故《ゆえ》と為《な》し、之《これ》に従《したが》うに急《きゅう》を以《もっ》てし、慮《りょ》を生《しょう》ぜしむる毋《なか》れ。此《か》くの若《ごと》くんば、則《すなわ》ち雲梯《うんてい》の攻《こう》敗《やぶ》れん。

尺。雑楼高広、如二行城之法一。為二爵穴・煇鼠一、施二荅亓外一。機衝桟城、広与レ隊等。雑二亓間一以二鐫剣一。持レ衝十人、執レ剣五人、皆以二有力者一。令二案目者視一レ適、以レ鼓発レ之、夾而射レ之、重而射レ之、披機藉レ之。城上繁下二矢石沙灰一、以雨レ之、薪火水湯以済レ之。審レ賞行レ罰、以レ静為レ故、従レ之以レ急、毋レ使レ生レ慮。若レ此、則雲梯之攻敗矣。（備梯）

▽このように、『墨子』には軍事技術について詳細な記述があります。「かたくなに守る」という意味で「墨守」という言葉がありますが、これはもともと墨家の堅い守り、守城能力の高さを賞賛する言葉でした。

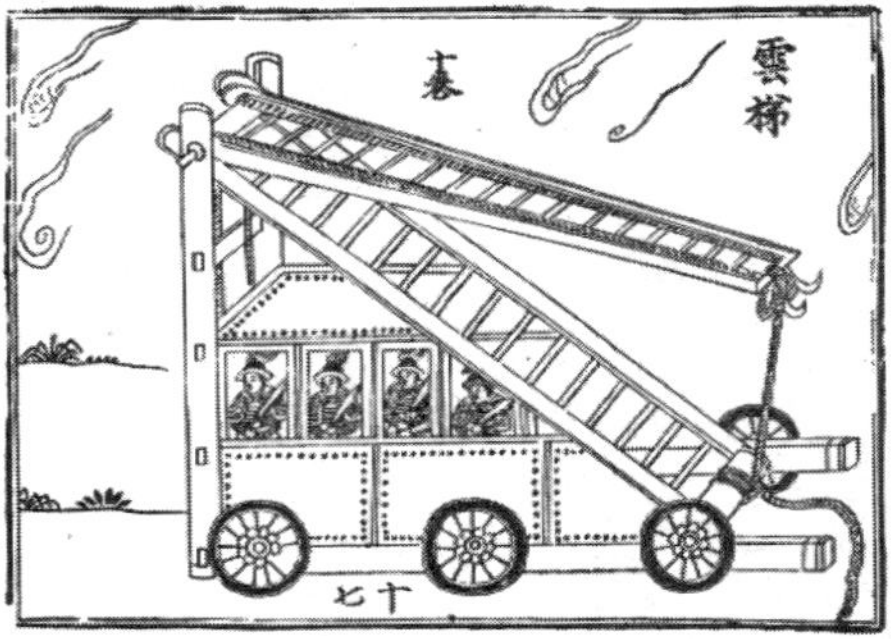

雲梯『武経総要』

■コラム1　「科聖」墨子

墨子の出身地については、山東省滕州市《さんとうしょうとうしゅうし》であるとする説と河南省平頂山市《かなんしょうへいちょうざんし》であるとする説の大きく二つがあります。その一つ、山東省滕州市には、「墨子《ぼくし》紀《き》念《ねん》館《かん》」があります。この紀念館は、一九九三年に墨子の学術研究、図書資料の収蔵、科学技術教育のために建設されたもので、「序庁」「綜合庁」「科技庁」「軍事庁」「聖蹟庁」の五つの展示室で構成されています。

墨子の像

まず、入口の「序庁」に入ると、墨子の像が出迎えてくれます。この墨子像は非常に凛々しい姿で、「労働者」であることが強調されています。この「序庁」では、中国の偉人たちが墨子をどのように評しているかについて知ることができます。

また、「綜合庁」には、墨子研究の成果や国際学会の模様が掲示され、中央には「墨子文化城」と称した模型が設置されています。「科技庁」では、光学・力学・数学・幾何学などに関する展示物が数多くあり、これらの科学技術は墨子に基づくものだとされています。墨子の軍事思想や防御措置について紹介する「軍事庁」では、工具や武器の模型なども置かれています。「聖蹟庁」には、孔子の

墨子紀念館入口（上）と、展示されている模型（下）

「聖蹟図」に模して、墨子の生涯を色鮮やかに描いた「墨子聖蹟図」が展示されています。

この紀念館において墨子は、「百科全書式学者」「科聖」「偉大的軍事家」などと称されています。中でも、「科聖」と称して、科学技術の源流が墨子にあったとする点は注目に値します。これは、近代にヨーロッパの科学が中国に流入してきたことに大きく関係しています。ヨーロッパの科学技術に圧倒された時、自国の科学の源流がいったいどこにあるのかということが考えられ、その時に注目されたのが墨子だったのです。中国の長い歴史の中で、儒家とは異なり、評価が決して高くなかった墨子は、現代において「科聖」として再評価されているのです。

三、有能な人材とは

賢人を尊ぶ

子墨子が言われた、いま王公大人（天子諸侯卿大夫など）で国家の政治を行う者は、皆国家が富み、人民が多くなり、刑政が治まる（整う）ように願っている。しかしながら富まないで貧しくなり、多くならないで少なくなり、治まらないで乱れるのは、もとよりその願うところを失って、その憎むところを得たのである、と。その理由は何であろうか。

子墨子が言われた、〔その理由は〕王公大人の国家の政治を行う者が、賢人を尊び有能者を使って政治をしないことにある。そのため国に賢良の士が多ければ、国家の政治は手厚くなり、賢良の士が少なければ、国家の政治は手薄になる。だから王公大人の任務は、まさに賢人を多くすることにあるのだ、と。

一　子墨子《しぼくし》言《い》いて曰《いわ》く、今者《いま》王公大人《おうこうたいじん》の政《まつりごと》を

子墨子言曰、今者王公大人為[二]

国家《こつか》に為《な》す者《もの》は、皆《みな》国家《こつか》の富《と》み、人民《じんみん》の衆《おお》く、刑政《けいせい》の治《おさ》まらんことを欲《ほつ》す。然《しか》り而《しこう》して富《とみ》を得《え》ずして貧《ひん》を得《え》、衆《しゅう》を得《え》ずして寡《か》を得《え》、治《ち》を得《え》ずして乱《らん》を得《え》るは、則《すなわ》ち是《こ》れ本《もと》其《そ》の欲《ほつ》する所《ところ》を失《うしな》いて、其《そ》の悪《にく》む所《ところ》を得《え》るなり、と。是《こ》れ其《そ》の故《ゆえ》は何《なん》ぞや。

子墨子《しぼくし》言《い》いて曰《いわ》く、是《こ》れ王公大人《おうこうたいじん》の政《まつりごと》を国家《こつか》に為《な》す者《もの》、賢《けん》を尚《たつと》び能《のう》を事《つか》うを以《もつ》て政《せい》を為《な》すこと能《あた》わざるに在《あ》り。是《こ》の故《ゆえ》に国《くに》に賢《けん》良《りよう》の士《し》有《あ》ること衆《おお》ければ、則《すなわ》ち国家《こつか》の治厚《ちあつ》く、賢良《けんりよう》の士《し》寡《すくな》ければ、則《すなわ》ち国家《こつか》の治薄《ちうす》し。故《ゆえ》に王公大人《おうこうたいじん》の務《つとめ》は、将《まさ》に賢《けん》を衆《おお》くするに在《あ》るのみ、と。

政於国家一者、皆欲二国家之富、人民之衆、刑政之治一。然而不レ得レ富而得レ貧、不レ得レ衆而得レ寡、不レ得レ治而得レ乱、則是本失二其所一レ欲、得二其所一レ悪。是其故何也。

子墨子言曰、是在下王公大人為二政於国家一者、不上レ能下以二尚レ賢事一レ能為上レ政也。是故国有二賢良之士一衆、則国家之治厚、賢良之士寡、則国家之治薄。故王公大人之務、将在二於衆一レ賢而已。（尚賢上）

▽「尚賢」は「賢を尚《たっと》ぶ」という意味で、賢人を尊ぶことについて記した篇です。尚賢上篇は、君主が出身階層がどうであるかにかかわらず官吏を登用し、国政を任せることの重要性を説いています。

本節では、当代の天子諸侯はみな自分の国が富み民衆が多くなることを願いながら、実際はかえって国が貧しくなり民衆は少なくなるばかりだと言って、その理由を問うところから議論を始めています。

「子墨子」とは、開祖墨翟に対する『墨子』の中での呼称であり、上の「子」はわたしたちの師を意味し、下の「子」は一般男子の美称です。十論のうち兼愛篇・非攻篇以外は、「子墨子曰」という言い方が冒頭や文中の要所、篇末に置かれています。これは十論諸篇を墨子の言論として表そうとした工夫（レトリック）であると考えられており、墨子と質問者（弟子など）との問答形式になっているわけではありません。

賢人を多くするには

それでは、賢人を多くする方法は、どうしたらよいであろうか。子墨子が言われた、たとえばその国で弓を射たり馬を御したりすることの巧みな人物を多くしようとするようなものだ。それには必ずその人を富まし、その人を高い地位につけ、その人を尊敬し、その人に栄誉を与えるべきである。弓を射たり馬を御したりすることの巧みな人物は、そうしてこそ多くすることができるのである。ましてまた賢良の士で徳行に厚く、言論に筋を通し、学芸にひろく通じる人があるときにはなおさらのことである。この人はいうまでもなく国家のたからであり、国家（社稷）の助けである。また必ずこの人を富まし、この人を高い地位につけ、この人を尊敬し、この人に栄誉を与えるべきである。国の賢良の士は、またそうしてこそ多くすることができるのである。

曰《いわ》く、然《しか》らば則《すなわ》ち賢《けん》を衆《おお》くするの術《じゅつ》は、将《すなわ》ち奈何《いかん》せんか、と。子墨子《しぼくし》言《い》いて曰《いわ》く、譬《たと》え

曰、然則衆レ賢之術、将奈何哉。子墨子言曰、譬若乙欲レ衆下

ば其《そ》の国《くに》の射御《しやぎよ》を善《よ》くするの士《し》を衆《おお》くせんと欲《ほつ》する者《もの》の若《ごと》し。必《かなら》ず将《まさ》に之《これ》を富《と》まし、之《これ》を貴《たつと》くし、之《これ》を敬《けい》し、之《これ》を誉《ほ》むべし。然《しか》る后《のち》に国《くに》の射御《しやぎよ》を善《よ》くするの士《し》、将《すなわ》ち得《え》て衆《おお》くすべし。況《いわ》んや又賢良《またけんりよう》の士《し》の徳行《とくこう》に厚《あつ》く、言談《げんだん》に弁《べん》じ、道術《どうじゆつ》に博《ひろ》き者有《ものあ》るをや。此《こ》れ固《もと》より国《こつ》家《か》の珍《ちん》にして、社稷《しやしよく》の佐《さ》なり。亦必《またかなら》ず且《まさ》に之《これ》を富《と》まし、之《これ》を貴《たつと》くし、之《これ》を敬《けい》し、之《これ》を誉《ほ》むべし。然《しか》る后《のち》に国《くに》の賢良《けんりよう》の士《し》、亦将《またすなわ》ち得《え》て衆《おお》くすべし。

其国之善ニ射御一之士上者甲。必将ニ富レ之、貴レ之、敬レ之、誉レ之。然后国之善ニ射御一之士、将可ニ得而衆一也。況又有下賢良之士厚ニ乎徳行一、弁ニ乎言談一、博ニ乎道術一者上乎。此固国家之珍、而社稷之佐也。亦必且ニ富レ之、貴レ之、敬レ之、誉レ之。然后国之賢良士、亦将可ニ得而衆一也。（尚賢上）

▽この節では、「賢良の士」（賢人・有能者）を多く集める方法として、その待遇を厚くすることを説いています。『墨子』において「賢良の士」は、「徳行」「言談」「道術」を

兼ね備えた人であり、そのような人物に政事を委ねるとします。これは『論語』先進篇に見られる「孔門四科」が徳行・言語・政事・文学とすることに少し似ています。

　この節の後には、尚賢政策が古の聖王によってすでに行われていたことを説き、尚賢政策の普遍妥当性が主張されています。聖王は、出身や階層の貴賤にかかわらず、義を貴ぶこと（貴義）を奨励し、そのような人物を登用したのだと説き、因襲を頼りとする「富貴の人」「近き者」を例に挙げて、出身や階層が地位には結びつかないことを繰り返し強調します。さらに、次のように述べます。

賢人の厚遇は政治のため

言うに、それは上の者が下の者を使うみちはただ唯一事（賢を尚ぶ）のみである。下の者が上の者に使えるみちは唯一途（義を貴ぶ）のみである。たとえば富者に高い塀や奥深い家があるとする、塀が立ちすでに厳重であるうえに、ただ一つの門を開くだけにしておく。そうすれば盗人が入っても、入った門を閉じて捜せば、盗人は出るところがなくなる道理である。その理由は何であろうか。上の者が要点をつかんでいるからである。

だからむかし聖王が政治を行うには、有徳の人を列ねて（官位につけて）賢人を尊んだ。農や工・商に従事する人でも、有能であれば任用し、高い爵位を与え、また重い俸禄を与え、政務を委任して、決断する裁決権を与えた。そのわけは、爵位が高くなければ人民は尊敬せず、俸禄が厚くなければ人民は信用せず、政令が断行されなければ人民は畏服しないからである、と。この三つを（すべて）挙げて賢者に授けるのは、賢能なるがための恩賜ではなく、政治が成功せんことを願うからである。

曰《いわ》く、上《かみ》の下《しも》を使《つか》う所以《ゆえん》の者《もの》は一物《いちぶつ》なり。下《しも》の上《かみ》に事《つか》うる所以《ゆえん》の者《もの》は一術《いちじゅつ》なり。之《これ》を譬《たと》うるに富者《ふしゃ》に高牆深宮《こうしょうしんきゅう》有《あ》り、牆《しょう》立《た》ちて既《すで》に謹《つつし》

曰、上之所㆓以使㆒㆑下者一物也。下之所㆓以事㆒㆑上者一術也。譬㆑之富者有㆓高牆深宮㆒、牆立

み、止《ただ》一門《いちもん》を鑿《うが》つことを為《な》すのみ。盗人《とうじん》の入《い》る有《あ》るも、其《そ》の自《よ》りて入《い》るところを闔《と》じて之《これ》を求《もと》むれば、盗《とう》は其《そ》れ自《よ》りて出《い》ずるところ無《な》し。是《これ》れ其《そ》の故《ゆえ》は何《なん》ぞや。則《すなわ》ち上要《かみよう》を得《う》ればなり。

　故《ゆえ》に古者聖王《いにしえせいおう》の政《まつりごと》を為《な》すや、徳《とく》を列《つら》ねて賢《けん》を尚《たっと》ぶ。農《のう》と工肆《こうし》とに在《あ》るの人《ひと》と雖《いえど》も、能《のう》有《あ》れば則《すなわ》ち之《これ》を挙《あ》げ、高《たか》く之《これ》に爵《しゃく》を予《あた》え、重《おも》く之《これ》に禄《ろく》を予《あた》え、之《これ》を任《にん》ずるに事《こと》を以《もっ》てし、断《だん》ずるに之《これ》に令《れい》を予《あた》う。曰《いわ》く、爵位《しゃくい》高《たか》からざれば則《すなわ》ち民敬《たみけい》せず、蓄禄厚《ちくろくあつ》からざれば則《すなわ》ち民《たみ》信《しん》ぜず、政令断《せいれいだん》ぜざれば則《すなわ》ち民畏《たみおそ》れず、と。三《さん》者《しゃ》を挙《あ》げて之《これ》を賢者《けんじゃ》に授《さず》くるは、賢《けん》の為《ため》に賜《たま》うに非《あら》ず、其《そ》の事《こと》の成《な》らんことを欲《ほっ》するなり。

既謹、止為レ鑿二一門一。有二盗人入一、闔二其自入一而求レ之、盗其無二自出一。是其故何也。則上得レ要也。

　故古者聖王之為レ政、列レ徳而尚レ賢。雖下在三農与二工肆一之人上、有レ能則挙レ之、高予二之爵一、重予二之禄一、任レ之以レ事、断二予之令一。曰、爵位不レ高則民弗レ敬、蓄禄不レ厚則民不レ信、政令不レ断則民不レ畏。挙二三者一授二之賢者一、非二為レ賢賜一也、欲二其事之成一。（尚賢上）

▽ここでは「古者の聖王」の政治を述べて、農工商に従事する人たちからも人材を登用し、高い爵位、重い俸禄、裁決権の三つを与えることを言っています。この三つを賢者に授けるのは、恩賜というわけではなく、あくまでも政治を成功に導くためです。

賢を尊ぶことこそ政治の根本

このようにしてこの時代には、徳によって官位につき、役目によって仕事に従い、労力によって賞を定め、功績を量って俸禄を与えた。だから官位にあってもいつまでも貴いことはなく、庶民でもいつまでも賤しいことはなかった。能力があれば任用し、能力がなければしりぞけた。公正な道義に従い、私的な怨みにはよらないというその言葉は、この主旨である。

このようにしてむかしの堯《ぎよう》は舜《しゆん》を服沢の北から任用し、これに政治をまかせて、天下は平和になった。禹《う》は益《えき》を陰方のうちから任用し、これに政治をまかせて、九州は平治した。湯《とう》は伊尹《いいん》を料理場のうちから任用し、これに政治をまかせて、その計画は成功した。文王は閎夭《こうよう》と泰顚《たいてん》とを狩猟場のうちから任用し、これに政治をまかせて、西方は服従した。だからこの当時は、高禄尊位の臣下でも、謹慎して恐れない者はなく、農業や商工業の人でも、競い励んで徳を尊ばない者はなかった。

　このようにして士は君主の補佐役や下役人となってしかるべきものであるといえるのである。だから士を得れば計画は遂げ、体は疲れず、名声がたって功業が成就し、美徳があらわれて悪評が生じないのは、士を得ることによるのである、と。だから子墨子は言われた、得意の時期にも、賢士は任用しなければならない。不得意の時期にも、賢士は任用しなければならない。もし堯・舜・禹・湯の諸聖王の道を承け継ぎたいと思うなら、賢を尊ばなければならない。そもそも賢士を尊ぶことこそ、政治の根本である、と。

二

故《ゆえ》に是《こ》の時《とき》に当《あた》り、徳《とく》を以《もっ》て列《れつ》に就《つ》き、官《かん》

故当二是時一、以レ徳就レ列、以レ

を以《もつ》て事《こと》に服《ふく》し、労《ろう》を以《もつ》て賞《しょう》を殿《さだ》め、功《こう》を量《はか》りて禄《ろく》を分《わか》つ。故《ゆえ》に官《かん》に常貴《じょうき》無《な》く、民《たみ》に終賤《しゅうせん》無《な》し。能有《のうあ》れば則《すなわ》ち之《これ》を挙《あ》げ、能無《のうな》ければ則《すなわ》ち之《これ》を下《さ》ぐ。公義《こうぎ》を挙《あ》げて、私怨《しえん》を辟《さ》くと、此若《こ》の言《げん》の謂《いい》なり。

故《ゆえ》に古者《いにしえ》堯《ぎょう》は舜《しゅん》を服沢《ふくたく》の陽《よう》より挙《あ》げ、之《これ》に政《まつりごと》を授《さず》けて、天下《てんか》は平《たい》らかなり。禹《う》は益《えき》を陰方《いんぽう》の中《うち》より挙《あ》げ、之《これ》に政《まつりごと》を授《さず》けて、九州《きゅうしゅう》成《な》れり。湯《とう》は伊尹《いいん》を庖廚《ほうちゅう》の中《うち》より挙《あ》げ、之《これ》に政《まつりごと》を授《さず》けて、其《そ》の謀《はかりごと》得《え》たり。文王《ぶんおう》は閎夭《こうよう》・泰顚《たいてん》を罝罔《しゃもう》の中《うち》より挙《あ》げ、之《これ》に政《まつりごと》を授《さず》けて、西土《せいど》服《ふく》せり。故《ゆえ》に是《こ》の時《とき》に当《あた》り、厚禄尊位《こうろくそんい》に在《あ》るの臣《しん》と雖《いえど》も、敬懼《けいく》して施《おそ》れざる

官服レ事、以レ労殿レ賞、量レ功而分レ禄。故官無二常貴一、而民無二終賤一。有レ能則挙レ之、無レ能則下レ之。挙二公義一、辟二私怨一、此若言之謂也。

故古者堯挙二舜於服沢之陽一、授二之政一、天下平。禹挙二益於陰方之中一、授二之政一、九州成。湯挙二伊尹於庖廚之中一、授二之政一、其謀得。文王挙二閎夭泰顚於罝罔之中一、授二之政一、西土服。故当二是時一、雖下在二於厚禄尊位一之臣上、莫レ不二敬懼

は莫《な》く、農《のう》と工肆《こうし》とに在《あ》るの人《ひと》と雖《いえど》も、競勧《きょうかん》して悳《とく》を尚《たっと》ばざるは莫《な》し。故《ゆえ》に士《し》は輔相承嗣《ほしようしようし》と為《な》る所以《ゆえん》なり。故《ゆえ》に士《し》を得《う》れば則《すなわ》ち謀《はかりごと》困《こん》せず、体労《たいろう》せず、名立《なた》ちて功成《こうな》り、美章《びあらわ》れて悪生《あくしょう》ぜざるは、則《すなわ》ち士《し》を得《う》るに由《よ》る、と。是《こ》の故《ゆえ》に子墨子《しぼくし》言《い》いて曰《いわ》く、意《い》を得《う》るも、賢士《けんし》挙《あ》げざるべからず。意《い》を得《え》ざるも、賢士《けんし》挙《あ》げざるべからず。尚《も》し堯舜《ぎょうしゅん》禹湯《うとう》の道《みち》を祖述《そじゅつ》せんと欲《ほっ》せば、将《すなわ》ち以《もっ》て賢《けん》を尚《とうと》ばざるべからず。夫《そ》れ賢《けん》を尚《とうと》ぶは、政《まつりごと》の本《もと》なり、と。

而施㆒、雖㆘在㆔農与㆓工肆㆒之人㆖、莫㆑不㆓競勧而尚㆒㆑悳。故士者所㆔以為㆓輔相承嗣㆒也。故得㆑士則謀不㆑困、体不㆑労、名立而功成、美章而悪不㆑生、則由㆑得㆑士也。是故子墨子言曰、得㆑意、賢士不㆑可㆑不㆑挙。不㆑得㆑意、賢士不㆑可㆑不㆑挙。尚欲㆔祖㆓述堯舜禹湯之道㆒、将不㆑可㆓以不㆒㆑尚㆑賢。夫尚㆑賢者、政之本也。（尚賢上）

▽また、尚同篇では、それぞれの上位者に従うことについて説かれています。

人ごとに義を異にする世界

子墨子が言われた、むかし人間がはじめて生まれてまだ刑政がなかった時代は、思うにその議論は人ごとに義（ことわり）を異にしていた。そこで一人に一つのことわり、二人に二つのことわり、十人に十のことわりがあった。その人が多ければ多いほど、そのことわりもまたそれだけ多かった。そこで人ごとに自分のことわりを可となし、他人のことわりを否とした。かくて互いに否とし合った。そこで家の内では父子兄弟が互いに憎み合い、離ればなれになって和合することができなかった。天下の人々は、皆水や火や毒薬などで互いにそこない、余力があっても互いに勤めることをせず、余財を腐らせても互いに分けることをせず、自らのすぐれた徳を隠して互いに教えることをしないようにまでなった。天下の乱れることは、禽獣の世界のようであった。

子墨子《しぼくし》言《い》いて曰《いわ》く、古者《いにしえ》民《たみ》始《はじ》めて生《うま》れ未《いま》だ刑政《けいせい》有《あ》らざるの時《とき》、蓋《けだ》し其《そ》の語《ご》は人《ひと》ごとに義《ぎ》を異《こと》にせり。是《これ》を以《もっ》て一人《いちにん》なれば則《すなわ》ち一義《いちぎ》、二《に》人《にん》なれば則《すなわ》ち二義《にぎ》、十人《じゅうにん》なれば則《すなわ》ち十義《じゅうぎ》あり。其《そ》の人《ひと》茲《ますます》衆《おお》ければ、其《そ》の所謂《いわゆる》義《ぎ》なる者《もの》も亦《また》茲《ますます》衆《おお》し。是《これ》を以《もっ》て人《ひと》ごとに其《そ》の義《ぎ》を是《これ》として、以《もっ》て人《ひと》の義《ぎ》を非《ひ》とす。故《ゆえ》に交《こもごも》相非《あいひ》とす。是《これ》を以《もっ》て内《うち》は父子《ふし》兄弟《けいてい》怨悪《えんお》を作《な》し、離《り》散《さん》して相和合《あいわごう》すること能《あた》わず。天下《てんか》の百姓《ひゃくせい》、皆《みな》水火《すいか》毒薬《どくやく》を以《もっ》て相虧害《あいきがい》し、余力《よりょく》有《あ》りて以《もっ》て相労《あいろう》する能《あた》わず、余財《よざい》を腐朽《ふきゅう》して以《もっ》て相分《あいわか》たず、良道《りょうどう》を隠匿《いんとく》して以《もっ》て相教《あいおし》えざるに至《いた》る。天下《てんか》の乱《みだ》るること、禽獣《きんじゅう》の若《ごと》く然《しか》り。

子墨子言曰、古者民始生未レ有二刑政一之時、蓋其語人異レ義。是以一人則一義、二人則二義、十人則十義。其人茲衆、其所謂義者亦茲衆。是以人是二其義一以非二人之義一。故交相非也。是以内者父子兄弟作二怨悪一、離散不レ能二相和合一。天下之百姓、皆以二水火毒薬一相虧害、至下有二余力一不レ能二以相労一、腐二朽余財一不二以相分一、隠二匿良道一、不中以相教上。天下之乱、若二禽獣一然。（尚同上）

上に立つ者を選ぶ

さて天下がこのように乱れた理由を明らかにすると、それは君長がなかったことによる。そこで天下の賢人を選んで、立てて天子とした。天子は立ったが、その力だけではまだ不足なので、また天下の賢人を選んで、これを立てて三公とした。天子三公はかくて立ったが、天下は広大であって、遠い異国の人民のことや、善悪利害の弁別などは、逐一知ることはできない。そこで万国を区分して、諸侯国君を立てた。諸侯国君はかくて立ったが、その力だけではまだ不足なので、またその国の賢人を選び、これを立ててそれぞれの上長とした。

夫《そ》れ天下《てんか》の乱《みだ》るる所以《ゆえん》の者《もの》を明《あき》らかにするに、政長《せいちよう》無《な》きに生《しよう》ず。是《こ》の故《ゆえ》に天下《てんか》の賢可《けんか》

夫明㆘虖天下之所㆓以乱㆒者㆖、生㆔於無㆓政長㆒。是故選㆓択天下

なる者《もの》を選択《せんたく》して、立《た》てて以《もつ》て天子《てんし》と為《な》す。天子《てんし》立《た》つも、其《そ》の力《ちから》を以《もつ》て未《いま》だ足《た》らざると為《な》し、又天下《またてんか》の賢可《けんか》なる者《もの》を選択《せんたく》して、之《これ》を置《ち》立《りつ》して以《もつ》て三公《さんこう》と為《な》す。天子《てんし》三公《さんこう》既《すで》以に立《た》つも、天下《てんか》を以《もつ》て博大《はくだい》と為《な》し、遠国異土《えんこくいど》の民《たみ》、是非利害《ぜひりがい》の弁《べん》、一二《いちに》にして明知《めいち》すべからず。故《ゆえ》に万国《ばんこく》を画分《かくぶん》し、諸侯国君《しょこうこくくん》を立《た》つ。諸侯国《しょこうこく》君《くん》既已《すで》に立《た》つも、其《そ》の力《ちから》を以《もつ》て未《いま》だ足《た》らざると為《な》し、又其《またそ》の国《こく》の賢可《けんか》なる者《もの》を選択《せんたく》し、之《これ》を置立《ちりつ》して以《もつ》て正長《せいちょう》と為《な》す。

之賢可者一、立以為二天子一。天子立、以二其力一為レ未レ足、又選三択天下之賢可者一、置二立之一以為二三公一。天子三公既以立、以二天下一為二博大一、遠国異土之民、是非利害之弁、不レ可二一二而明知一。故画二分万国一、立二諸侯国君一。諸侯国君既已立、以二其力一為レ未レ足、又選二択其国之賢可者一、置二立之一以為二正長一。（尚同上）

上と同一にする

それぞれの上長がこのようにそなわると、天子は天下の人民に政令を発して言う、「善いこと善くないこといずれを聞いても、すべて君長に告げよ、君長の可となすことは必ずすべて可となし、否となすことは必ずすべて否とせよ、君長に過失があれば諫めただし、下民に善行があればひろく推薦せよ、上に同一して下に同一しない者は、君長から賞せられ、下民から誉められるであろう。〔反対に〕もし善いこと善くないこといずれを聞いても、その君長に告げず、君長の可となすことを可となすことができず、君長の否となすことを否となすことができず、君長に過失があっても諫めたださず、下民に善行があってもひろく推薦せず、下に同一して上に同一することのできない者は、君長から罰せられ、人々からそしられるであろう」と。君長は〔この天子の政令によって〕賞罰を定めることが、明らかであやまりはない。

正長《せいちょう》既《す》已《で》に具《そな》わり、天子《てんし》政《まつりごと》を天下《てんか》の百《ひやく》姓《せい》に発《はつ》し、言《い》いて曰《いわ》く、「善《ぜん》を聞《き》くと不善《ふぜん》と、皆以《みなもっ》て其《そ》の上《かみ》に告《つ》げよ、上《かみ》の是《ぜ》とする所《ところ》は必《かなら》ず皆之《みなこれ》を是《ぜ》とし、非《ひ》とする所《ところ》は必《かなら》ず皆之《みなこれ》を非《ひ》とし、上《かみ》に過《あやまち》有《あ》れば則《すなわ》ち之《これ》を規諫《きかん》し、下《しも》に善有《ぜんあ》れば則《すなわ》ち之《これ》を傍薦《ぼうせん》せよ、上同《しょうどう》して下比《かひ》せざる者《もの》は、此《こ》れ上《しょう》の賞《しょう》する所《ところ》にして、下《か》の誉《ほ》むる所《ところ》なり。意若《そもそも》善《ぜん》を聞《き》くと不善《ふぜん》と、以《もっ》て其《そ》の上《しょう》に告《つ》げず、上《しょう》の是《ぜ》とする所《ところ》は是《ぜ》とすること能《あた》わず、上《しょう》の非《ひ》とする所《ところ》は非《ひ》とすること能《あた》わず、上《かみ》に過有《かあ》るも規諫《きかん》せず、下《しも》に善有《ぜんあ》るも傍薦《ぼうせん》せず、下比《しもひ》して上同《かみどう》すること能《あた》わざる者《もの》は、此《こ》れ上《かみ》の罰《ばつ》する所《ところ》にして、百姓《ひやくせい》の毀《そし》る所《ところ》

正長既已具、天子発ニ政於天下之百姓一、言曰、「聞レ善而ニ不善一、皆以告ニ其上一、上之所レ是必皆是レ之、所レ非必皆非レ之、上有レ過則規ニ諫之一、下有レ善則傍ニ薦之一、上同而不ニ下比一者、此上之所レ賞、而下之所レ誉也。意若聞レ善而ニ不善一、不三以告ニ其上一、上之所レ是弗レ能レ是、上之所レ非弗レ能レ非、上有レ過弗ニ規諫一、下有レ善弗ニ傍薦一、下比不レ能ニ上同一者、此上之所レ罰、而百姓所レ毀也。」

なり」と。上此《かみこれ》を以《もつ》て賞罰《しようばつ》を為《な》すこと、其《そ》れ明察《めいさつ》にして以《もつ》て審信《しんしん》なり。

上以レ此為二賞罰一、其明察以審信。（尚同上）

だから里長は里の仁人である。里長は政令を里の人民に発して言う、「善いこと善くないこといずれを聞いても、必ず郷長に告げよ、郷長が可とすることは必ずすべて可とし、郷長の否とすることは必ずすべて否とせよ。汝らの善くない言葉をすてて、郷長の善い言葉に学べ、汝らの善くない行為をすてて、郷長の善い行為に学べ」と。こうすれば郷はどうして乱れることがあろうか。郷が治まる理由を考察してみると、それはなぜであろうか。郷長がもっぱら郷中の是非の道理を同一にさせているので、そこで郷が治まるのである。

是《こ》の故《ゆえ》に里長《りちよう》は、里《り》の仁人《じんじん》なり。里長《りちよう》政《まつりごと》を里《り》の百姓《ひやくせい》に発《はつ》し、言《い》いて曰《いわ》く、「善《ぜん》を

是故里長者、里之仁人也。里長発二政里之百姓一、言曰、「聞レ

聞《き》くと不善《ふぜん》と、必《かなら》ず以《もっ》て其《そ》の郷長《きょうちょう》に告《つ》げよ、郷長《きょうちょう》の是《ぜ》とする所《ところ》は必《かなら》ず皆之《みなこれ》を是《ぜ》とし、郷長《きょうちょう》の非《ひ》とする所《ところ》は必《かなら》ず皆之《みなこれ》を非《ひ》とせよ。若《なんじ》の不善《ふぜん》の言《げん》を去《さ》り、郷長《きょうちょう》の善言《ぜんげん》に学《まな》び、若《なんじ》の不《ふ》善《ぜん》の行《こう》を去《さ》り、郷長《きょうちょう》の善行《ぜんこう》を学《まな》べ」と。則《すなわ》ち郷《きょう》何《なん》の説《せつ》ありて以《もっ》て乱《みだ》れんや。郷《きょう》の治《おさ》まる所以《ゆえん》の者《もの》を察《さつ》するに、何《なん》ぞや。郷長《きょうちょう》唯《ただ》能《よ》く郷《きょう》の義《ぎ》を一同《いちどう》す、是《これ》を以《もっ》て郷治《きょうおさ》まるなり。

善而二不善一、必以告二其郷長一、郷長之所レ是必皆是レ之、郷長之所レ非必皆非レ之。去二若不善言一、学二郷長之善言一、去二若不善行一、学二郷長之善行一。」則郷何説以乱哉。察下郷之所二以治一者上、何也。郷長唯能一二同郷之義一、是以郷治也。（尚同上）

▽ここでは、里長が里中の是非を郷長と同一にするように政令を発し、里民が郷長と是非を一致させることで郷全体がよく治まると説いています。郷長は里よりも一つ上の行政区の長です。この後には、同じような文体で、郷長が郷中の是非を国君と同一にするように政令を発し、郷民が国君と是非を一致させることで国全体がよく治まると説いています。

さらに、国君が国中の是非を天子と同一にするように政令を発し、国民が天子と是非を一致させることで天下全体がよく治まると説いていきます。このように、尚同篇では上位者との是非の一致を重要視しています。

天下統一の手段

天下の人民が、皆天子に同一しても、天に同一しなければ、天災はやはりなお去らない。つむじ風や長雨が激しく起こるのは、天が人民の天に同一しない者を罰するわけである。そこで子墨子が言われた、むかし聖王は五刑（五種の刑罰）を定め、よくその人民を治めた。たとえば糸に糸口があり、網におおづながあるようなもので、天下の人民がその君長に同一しないものを統合する手段である、と。

天下《てんか》の百姓《ひゃくせい》、皆天子《みなてんし》に上同《しょうどう》して、天《てん》に上同《しょうどう》せざれば、則《すなわ》ち天菑《てんさい》猶《な》お未《いま》だ去《さ》らず。今天《いまてん》の

天下之百姓、皆上㆓同於天子㆒、而不㆔上㆓同於天㆒、則天菑猶未ㇾ

飄風苦雨《ひょうふうくう》、溱溱《しんしん》として至《いた》る者《もの》の若《ごと》き、此《こ》れ天《てん》の百姓《ひゃくせい》の天《てん》に上同《しょうどう》せざる者《もの》を罰《ばつ》する所以《ゆえん》なり。是《こ》の故《ゆえ》に子墨子《しぼくし》言《い》いて曰《いわ》く、古者聖王《いにしえせいおう》は五刑《ごけい》を為《つく》り、請《まこと》に以《もっ》て其《そ》の民《たみ》を治《おさ》む。譬《たと》えば糸縷《しる》の紀《き》有《あ》り、罔罟《もうこ》の綱有《こうあ》るが若《ごと》し、天下《てんか》の百姓《ひゃくせい》の其《そ》の上《かみ》に尚同《しょうどう》せざる者《もの》を連収《れんしゅう》する所以《ゆえん》なり、と。

去也。今若二天飄風苦雨、溱溱而至者一、此天之所下以罰中百姓之不三上二同於天一者上也。是故子墨子言曰、古者聖王為二五刑一、請以治二其民一。譬若二糸縷之有レ紀、罔罟之有レ綱、所下以連中収天下之百姓不三尚二同其上一者上也。（尚同上）

▽墨子は、国君が国中の是非を天子と同一にするように政令を発し、国民が天子と是非を一致させることで天下全体が治まると説いているのです。

四、運命は変えられるのか

運命はきまっていると言う人

子墨子が言われた、いま王公大人で国家の政治を行う者は、みな国家が富み、人民が多くなり、刑罰や政治が治まるように願っている。しかしながら富まないで貧しくなり、多くならないで少なくなり、治まらないで乱れるのは、もともと願っていたことを失い、憎んでいたことを得たのである、と。その理由は何であろうか。子墨子が言われた、有命を説く者が、民間に多くまじっているからである。有命を説く者たちの言説に言う、「富むという命を有する人は富み、貧しくなるという命を有する人は貧しく、多くなるという命を有する人は多くなり、少なくなるという命を有する人は少なくなり、治まるという命を有する人は治まり、乱れるという命を有する人は乱れ、長生きするという命を有する人は長生きし、早死にするという命を有する人は早死にする。命は強い力の人でも何の足しにもならない」と。〔彼らはこのことをもって〕上は王公大人に説き、下は民衆が仕事に努力することをはばむ。だから有命を説く者は不仁である。そこで有命を説く者の言説のようなものは、〔その是非を〕明らかに弁別しなければならない、と。

子墨子《しぼくし》言《い》いて曰《いわ》く、今者《いま》王公大人《おうこうたいじん》の政《まつりごと》を国家《こっか》に為《な》す者は、皆《みな》国家《こっか》の富《と》み、人民《じんみん》の衆《おお》く、刑政《けいせい》の治《おさ》まらんことを欲《ほっ》す。然《しか》り而《しこう》して富《とみ》を得《え》ずして貧《ひん》を得《え》、衆《しゅう》を得《え》ずして寡《か》を得《え》、治《ち》を得《え》ずして乱《らん》を得《え》るは、則《すなわ》ち是《こ》れ本《もと》其《そ》の欲《ほっ》する所《ところ》を失《うしな》い、其《そ》の悪《にく》む所《ところ》を得《え》るなり、と。是《こ》の故《ゆえ》は何《なん》ぞや。子墨子《しぼくし》言《い》いて曰《いわ》く、有命《ゆうめい》を執《と》る者《もの》、以《もっ》て民間《みんかん》に襍《まじわ》る者衆《ものおお》ければなり。有命《ゆうめい》を執《と》る者《もの》の言《げん》に曰《いわ》く、「命富《めいと》めば則《すなわ》ち富《と》み、命《めい》貧《まず》しければ則《すなわ》ち貧《まず》しく、命衆《めいおお》ければ則《すなわ》ち衆《おお》く、

子墨子言曰、今者王公大人為㆓政国家㆒者、皆欲㆓国家之富、人民之衆、刑政之治㆒。然而不㆑得㆑富而得㆑貧、不㆑得㆑衆而得㆑寡、不㆑得㆑治而得㆑乱、則是本失㆓其所㆑欲、得㆓其所㆑悪。是故何也。子墨子言曰、執㆓有命㆒者、以襍㆓於民間㆒者衆。執㆓有命㆒者之言曰、「命富則富、命貧則貧、命衆則衆、命

命寡《めいすくな》ければ則《すなわ》ち寡《すくな》く、命治《めいおさ》まれば則《すなわ》ち治《おさ》まり、命乱《めいみだ》るれば則《すなわ》ち乱《みだ》れ、命寿《めいじゅ》なれば則《すなわ》ち寿《じゅ》、命《めい》夭《よう》なれば則《すなわ》ち夭《よう》なり。命《めい》は強勁《きょうけい》と雖《いえど》も何《なん》ぞ益《えき》せんや」と。上《かみ》は以《もっ》て王公大人《おうこうたいじん》に説《と》き、下《しも》は以《もっ》て百姓《ひゃくせい》の事《こと》に従《したが》うを駔《はば》む。故《ゆえ》に有命《ゆうめい》を執《と》る者《もの》は不仁《ふじん》なり。故《ゆえ》に有命《ゆうめい》を執《と》る者《もの》の言《げん》の当《ごと》きは、明《あき》らかに弁《べん》ぜざるべからず、と。

寡則寡、命治則治、命乱則乱、命寿則寿、命夭則夭。命雖㆓強勁㆒何益哉。」上以説㆓王公大人㆒、下以駔㆓百姓之従㆒レ事。故執㆓有命㆒者不仁。故当㆘執㆓有命㆒者之言㆖、不レ可レ不㆓明弁㆒。

（非命上）

▽運命は変えられるのでしょうか、変えられないのでしょうか。

人間には生まれながらに運命があり、どんなに努力をしてもあらかじめ定まった人生を変えることはできない、この考えは有命論、宿命論と呼ばれるものです。『墨子』の非命篇では、この「有命」（宿命）を否定しています。つまり、「運命は変えられる」という立場です。そして、人間それぞれに勤勉努力を促しています。

右記の文では、有命論者が人間には運命があることを主張し、努力の必要性を認めないことによって、民の労心が妨げられ、貧困や人口減少、社会混乱などのさまざまな弊害が生じているのだと指摘します。そして、有命の是非を明らかにしなければならないと言い、その是非の判断について述べていきます。

是非の判断基準は、三つあります。第一は、古の聖王の治績にもとづけて考えること。これによって、治乱には有命がないということを検証します。第二は、人民の見聞の事例について考えること。ただ、その具体的な内容は今の『墨子』には見られず、欠落しているようです。第三は、政治の場で実施して国家や人民の利益にかなうかを判断すること。有命論者の説を政治に用いると天下は大混乱に陥るけれども、非命の立場で努力を重ねる者が政治を指導すれば、万民に大きな利益をもたらすのだと説き、人間の勤勉努力を提唱しています。

そして、この非命上篇の最後には、次頁のように、有命論が引き起こす政治への弊害を述べ、それが人倫の破壊に至る道であると指摘し、有命論はこの世の中の大きな害になるのだと締めくくっています。

有命説の弊害

いま有命を説く者の言説を採用すると、上（為政者）は政務を執らず、下（庶民）は仕事につとめない。上が政務を執らないと、刑政が乱れる。下が仕事につとめないと、財物（資財）が不足する。そうなると上は供物や御酒をそなえて、上帝鬼神を祭祀することなく、下は天下の賢良の士を安堵させることなく、外は諸侯の賓客に応待することなく、内は飢寒の者に食と衣とを与えることなく、老人と幼児とを養うことがない。だから有命の説は、上は天を利することなく、中は鬼神を利することなく、下は人を利することがない。それにもかかわらず強いてこの説に固執するのは、ただ不祥の言説が生まれるもとであり、暴人の道である。そこで子墨子は言われた、いま天下の士君子で、まことに天下の富有を願ってその貧困を憎み、天下の治平を願ってその衰乱を憎むならば、有命を説く者の言説は、非難すべきである。これは天下の大害である、と。

今有命《いまゆうめい》を執《と》る者《もの》の言《げん》を用《もち》うれば、則《すなわ》ち上《かみ》は治《ち》を聴《き》かず、下《しも》は事《こと》に従《したが》わず。上治《かみち》を聴《き》かざれば、則《すなわ》ち刑政乱《けいせいみだ》る。下事《しもこと》に従《したが》わざれば、則《すなわ》ち財用足《ざいようた》らず。上《かみ》は以《もっ》て粢盛酒醴《しせいしゅれい》を供《きょう》して、上帝鬼神《じょうていきしん》を祭祀《さいし》すること無《な》く、下《しも》は以《もっ》て天下《てんか》の賢可《けんか》の士《し》を降綏《こうすい》せしむる無《な》く、外《そと》は以《もっ》て諸《しょ》侯《こう》の賓客《ひんかく》に応待《おうたい》すること無《な》く、内《うち》は以《もっ》て飢《き》に食《くら》わし寒《かん》に衣《き》せ老弱《ろうじゃく》を将養《しょうよう》すること無《な》し。故《ゆえ》に命《めい》は、上《かみ》は天《てん》を利《り》せず、中《なか》は鬼《おに》を利《り》せず、下《しも》は人《ひと》を利《り》せず。而《しか》るに強《し》いて此《これ》を執《と》るは、此《こ》れ特凶言《とくきょうげん》の自《よ》りて生《しょう》ずる所《ところ》にして、暴人《ぼうじん》の道《みち》なり。是《こ》の故《ゆえ》に子墨子《しぼくし》言《い》いて曰《いわ》く、今天下《いまてんか》の士君子《しくんし》、忠実《ちゅうじつ》に天下《てんか》の富《とみ》を欲《ほっ》して其《そ》の貧《ひん》を

今用㆘執㆓有命㆒者之言㆖、則上不㆑聴㆑治、下不㆑従㆑事。上不㆑聴㆑治、則刑政乱。下不㆑従㆑事、則財用不㆑足。上無㆘以供㆓粢盛酒醴㆒、祭㆗祀上帝鬼神㆖、下無㆔以降㆓綏天下賢可之士㆒、外無㆔以応㆓待諸侯之賓客㆒、内無㆔以食㆑飢衣㆑寒将㆓養老弱㆒。故命、上不㆑利㆓於天㆒、中不㆑利㆓於鬼㆒、下不㆑利㆓於人㆒。而強執㆑此者、此特凶言之所㆓自生㆒、而暴人之道也。是故子墨子言曰、今天下之士君子、忠

悪《にく》み、天下《てんか》の治《ち》を欲《ほっ》して其《そ》の乱《らん》を悪《にく》まば、有《ゆう》命《めい》を執《と》る者《もの》の言《げん》は、非《ひ》とせざるべからず。此《こ》れ天下《てんか》の大害《たいがい》なり、と。

実欲二天下之富一而悪二其貧一、欲二天下之治一而悪二其乱一、執二有命一者之言、不レ可レ不レ非。此天下之大害也。（非命上）

五、徹底した節約思考

財物を浪費せず利益を興す

聖人が一国の政治をなすと、一国〔の利益〕は倍にすることができる。これをさらに広げて天下の政治をなすと、天下〔の利益〕は倍にすることができる。その倍にすることができるのは、外に領地を取るのではない。その国家について、その無用の出費を省くことにより、利益を倍にすることができるのである。聖王が政治をなし、その政令を発して事業を興し、人民に便宜をはかって財物を使用するのに、その利益を増さない事柄は実施しない。そこで財物の使用に浪費はなく、民徳は疲弊せず、その利益を興すことが多大である。

聖人《せいじん》政《まつりごと》を一国《いっこく》に為《な》せば、一国《いっこく》は倍《ばい》すべし。之《これ》を大《だい》にして政《まつりごと》を天下《てんか》に為《な》せば、天下《てんか》は倍《ばい》すべし。其《そ》の之《これ》を倍《ばい》するは、外《そと》に地《ち》を取《と》るに

聖人為㆓政一国㆒、一国可㆑倍也。大㆑之為㆓政天下㆒、天下可㆑倍也。其倍㆑之、非㆓外取㆑地也。

非《あら》ざるなり。其《そ》の国家《こつか》に因《よ》りて、其《そ》の無用《むよう》の費《ひ》を去《さ》れば、以《もつ》て之《これ》を倍《ばい》するに足《た》る。聖王《せいおう》政《まつりごと》を為《な》し、其《そ》の令《れい》を発《はつ》し事《こと》を興《おこ》し、民《たみ》に便《べん》し財《ざい》を用《もち》うるや、用《よう》を加《くわ》えずして為《な》す者無《ものな》し。是《こ》の故《ゆえ》に財《ざい》を用《もち》うること費《ついや》さず、民徳《みんとく》は労《ろう》せず、其《そ》の利《り》を興《おこ》すこと多《おお》し。

因㆓其国家㆒、去㆓其無用之費㆒、足㆓以倍㆑之。聖王為㆑政、其発㆑令興㆑事、使㆑民用㆑財也、無㆓不㆑加㆑用而為者㆒。是故用㆑財不㆑費、民徳不㆑労、其興㆑利多矣。（節用上）

▽ここでは、無用な出費を省くことにより、外に向かって領地を拡大することなく、その国を豊かにし、人民の利益を増すことができると述べています。

節用篇は、無用な出費や行いを節約することについて述べた篇で、実用的な衣服や居室、武器の製造、人口増加対策などについて論を展開していきます。

衣服や車の目的

衣服をつくるのは、何のためであろうか。冬は寒さを防ぎ、夏は暑さを防ぐためである。すべての衣服を作る目的は、冬は暖かさを増し、夏は涼しさを増せば、それで十分である。〔暖かさや涼しさを〕増さなければこれを捨てる。居室をつくるのは、何のためであろうか。冬は風や寒さを防ぎ、夏は暑さや雨を防ぎ、また盗賊を防ぐためである。堅固さを増せばそれで十分である。増さなければこれを捨てる。甲冑や武器をつくるのは、何のためであろうか。戦乱や盗賊を防ぐためである。もし戦乱や盗賊があれば、甲冑や武器がある者は勝ち、無い者は勝てない。だから聖人は甲冑や武器をつくった。すべて甲冑や武器をつくるには、軽くて鋭利であり、堅くて折れにくさを増せば、それで十分である。そうでなければこれを捨てる。舟車をつくるのは、何のためであろうか。車は山地や陸地を行き、舟は川や谷を行き、四方の便利をはかる。すべて舟車をつくる目的は、軽くて便利さを増せば、それで十分である。そうでなければこれを捨てる。すべてこれらの物をつくるには、その利益を増さなければ実施しない。そこで財物の使用に浪費はなく、民徳は疲弊せず、その利益を興すことが多大である。

其《そ》の衣裘《いきゅう》を為《つく》る、何《なに》を以《もっ》て為《つく》るや。冬《ふゆ》は以《もっ》て寒《かん》を圉《ふせ》ぎ、夏《なつ》は以《もっ》て暑《しょ》を圉《ふせ》ぐ。凡《およ》そ衣裳《いしょう》を為《つく》るの道《みち》は、冬《ふゆ》は温《おん》を加《くわ》え、夏《なつ》は清《せい》を加《くわ》うれば、則《すなわ》ち止《や》む。加《くわ》えざれば之《これ》を去《さ》る。其《そ》の宮《きゅう》室《しつ》を為《な》る、何《なに》を以《もっ》て為《な》るや。冬《ふゆ》は以《もっ》て風寒《ふうかん》を圉《ふせ》ぎ、夏《なつ》は以《もっ》て暑雨《しょう》を圉《ふせ》ぎ、有盗賊《またとうぞく》を圉《ふせ》ぐ。固《こ》を加《くわ》うれば、則《すなわ》ち止《や》む。加《くわ》えざれば之《これ》を去《さ》る。其《そ》の甲盾五兵《こうじゅんごへい》を為《な》る、何《なに》を以《もっ》て為《な》るや。以《もっ》て寇乱盗賊《こうらんとうぞく》を圉《ふせ》ぐ。若《も》し寇乱盗賊《こうらんとうぞく》有《あ》れば、

其為㆓衣裘㆒、何以為。冬以圉㆑寒、夏以圉㆑暑。凡為㆓衣裳㆒之道、冬加㆑温、夏加㆑清者、則止。不㆑加者去㆑之。其為㆓宮室㆒、何以為。冬以圉㆓風寒㆒、夏以圉㆓暑雨㆒、有圉㆓盗賊㆒。加㆑固者、則止。不㆑加者去㆑之。其為㆓甲盾五兵㆒何以為。以圉㆓寇乱盗賊㆒。若有㆓寇乱盗賊㆒、

甲盾五兵《こうじゆんごへい》有《あ》る者《もの》は勝《か》ち、無《な》き者《もの》は勝《か》たず。是《こ》の故《ゆえ》に聖人《せいじん》は甲盾五兵《こうじゆんごへい》を作為《さくい》す。凡《およ》そ甲盾五兵《こうじゆんごへい》を為《な》る、軽《かる》くして以《もつ》て利《り》、堅《かた》くして折《お》れ難《がた》きを加《くわ》うれば、則《すなわ》ち止《や》む。加《くわ》えざれば之《これ》を去《さ》る。其《そ》の舟車《しゆうしや》を為《な》る、何《なに》を以《もつ》て為《な》るや。車《しや》は以《もつ》て陵陸《りようりく》を行《い》き、舟《しゆう》は以《もつ》て川谷《せんこく》を行《い》き、以《もつ》て四方《しほう》の利《り》を通《つう》ず。凡《およ》そ舟車《しゆうしや》を為《な》るの道《みち》、軽《かる》くして以《もつ》て利《り》を加《くわ》うれば、則《すなわ》ち止《や》む。加《くわ》えざれば之《これ》を去《さ》る。凡《およ》そ其《そ》の此《こ》の物《もの》を為《な》るや、用《よう》を加《くわ》えずして為《な》す者無《ものな》し。是《こ》の故《ゆえ》に財《ざい》を用《もち》うること費《ついや》さず、民徳《みんとく》は労《ろう》せず、其《そ》の利《り》を興《おこ》すこと多《おお》し。

有二甲盾五兵一者勝、無者不レ勝。是故聖人作二為甲盾五兵一。凡為二甲盾五兵一、加二軽以利、加堅而難レ折者、則止。不レ加者去レ之。其為二舟車一、何以為。車以行二陵陸一、舟以行二川谷一、以通二四方之利一。凡為二舟車一之道、加二軽以利一者、則止。不レ加者去レ之。凡其為二此物一也、無二不レ加レ用而為者一。是故用レ財不レ費、民徳不レ労、其興レ利多矣。（節用上）

▽衣服は寒暑を防ぐものを、居室は堅固なものを、甲冑や武器は軽くて鋭利で堅いものを、車や船は軽くて便利なものを、というように、これらを製造する際には効率を重視して実用的でなければならないと説いています。

このような墨子の節約思考は、喪葬儀礼にも及びます。節葬篇では、葬儀、埋葬、服喪について、厚葬久喪（葬儀を手厚くし、喪の期間を長くすること）を批判し、節度があるようにすべきだと説きます。この背景には、厚葬久喪を重視する儒家への批判があります。

当時、貴族階級は過度な厚葬を行っていました。しかし、厚葬は、人民の生命や財産の犠牲の上に行われているのだと墨子は指摘します。国政において厚葬を実施すると、その弊害はさらに大きくなるでしょう。また、当時、近親者が亡くなると、「三年の喪に服す」とされていました。しかし、喪の期間が長いと、遺族は生命の危険にさらされ、為政者は政務を執ることができず、農民、工人、婦人はその仕事を中断しなければなりません。

このように、厚葬久喪は国家の貧困、人口の減少、治安の悪化を招き、人民を富裕にするものではないと墨子は説きます。その総論的な部分が、以下の文です。

厚葬久喪は聖王の道ならず

子墨子が言われた、さきの自分の言葉に次のように言ってある。それはあるいはその人の言にのっとり、その人の謀を用いしめたとして、厚葬久喪の法が、それでもって本当に貧しい者を富まし人民を多くし、危乱を定め治めたならば、それは仁であり、義であり、孝子のなすべきことである。人のために謀る者は、このことを勧めなければならない。あるいはまたその人の言にのっとり、その人の謀を用いしめたとして、この人の厚葬久喪の法が、本当に貧しい人を富まし人民を多くし、危乱を定め治めることがなかったならば、それは仁ではなく、義ではなく、孝子のなすべき事ではない。人のために謀る者は、このことをとどめなければならない。だから〔厚葬久喪の法を行った結果が〕国家を富ますことを求めて、かえって甚だしい貧しさを得て、人民を多くしようと願って、かえって甚だしく少なくなり、刑政を治めようと願って、かえって甚だしく混乱し、大国が小国を攻めることを禁止しようとして、すでに不可能であり、上帝鬼神の福を求めようと願って、かえって災禍を得て、上は堯・舜・禹・湯・文・武の〔古の聖王の〕道に照らすと、まさに逆らい、下は桀・紂・幽・厲の〔暴君の〕ことに照らすと、合致するようである。もしこのことから見るならば、厚葬久喪は聖王の道ではないのである、と。

子《し》墨子《ぼくし》曰《いわ》く、郷者《さきに》吾《わ》が本言《ほんげん》に曰《いわ》く、意《い》亦《また》其《そ》の言《げん》に法《のっと》り、其《そ》の謀《はかりごと》を用《もち》いしめば、厚葬久喪《こうそうきゅうそう》を計《はか》るに、請《まこと》に以《もっ》て貧《ひん》を富《と》まし寡《か》を衆《おお》くし、危《き》を定《さだ》め乱《らん》を治《おさ》むべきか、則《すなわ》ち仁《じん》なり、義《ぎ》なり、孝子《こうし》の事《こと》なり。人《ひと》の為《ため》に謀《はか》る者《もの》、勧《すす》めざるべからず。意《い》亦《また》其《そ》の言《げん》に法《のっと》り、其《そ》の謀《はかりごと》を

子墨子曰、郷者吾本言曰、意亦使下法二其言一、用中其謀上、計二厚葬久喪一、請可二以富レ貧衆レ寡、定レ危治一レ乱乎、則仁也、義也、孝子之事也。為レ人謀者、不レ可レ不レ勧也。意亦使下法二

用《もち》いしめば、若《こ》の人《ひと》の厚葬久喪《こうそうきゅうそう》、実《じつ》に以《もっ》て貧《ひん》を富《と》まし寡《か》を衆《おお》くし、危《き》を定《さだ》め乱《らん》を治《おさ》むべからざるか、則《すなわ》ち仁《じん》に非《あら》ざるなり、義《ぎ》に非《あら》ざるなり、孝子《こうし》の事《こと》に非《あら》ざるなり。人《ひと》の為《ため》に謀《はか》る者《もの》、沮《はば》まざるべからず。是《こ》の故《ゆえ》に以《もっ》て国家《こっか》を富《と》まさんことを求《もと》めて、甚《はなは》だ貧《ひん》を得《え》、以《もっ》て人《じん》民《みん》を衆《おお》くせんと欲《ほっ》して、甚《はなは》だ寡《か》を得《え》、以《もっ》て刑《けい》政《せい》を治《おさ》めんと欲《ほっ》して、甚《はなは》だ乱《らん》を得《え》、以《もっ》て大国《たいこく》の小国《しょうこく》を攻《せ》むるを禁止《きんし》せんことを求《もと》めて、既《す》已《で》に可《か》ならず、以《もっ》て上帝鬼神《じょうていきしん》の福《ふく》を干《もと》めんと欲《ほっ》して、又《また》禍《か》を得《え》、上之《かみこれ》を堯舜禹湯文武《ぎょうしゅんうとうぶんぶ》の道《みち》に稽《たと》えて、政《まさ》に之《これ》を逆《さから》い、下之《しもこれ》を桀紂幽厲《けつちゅうゆうれい》の事《こと》に稽《たと》えて、猶《な》お節《せつ》を合《がっ》するがごときなり。

其言㆒、用㆗其謀㆖、若人厚葬久喪、実不㆑可㆓以富㆑貧衆㆑寡、定㆑危治㆑乱乎、則非㆑仁也、非㆑義也、非㆓孝子之事㆒也。為㆑人謀者、不㆑可㆑不㆑沮也。是故求㆔以富㆓国家㆒、甚得㆑貧焉、欲㆔以衆㆓人民㆒、甚得㆑寡焉、欲㆔以治㆓刑政㆒、甚得㆑乱焉、求㆕以禁㆔止大国之攻㆓小国㆒也、而既已不㆑可矣、欲㆔以干㆓上帝鬼神之福㆒、又得㆑禍焉、上稽㆓之堯舜禹湯文武之道㆒、而政逆㆑之、下稽㆓之桀紂幽厲之

若《も》し此《これ》を以《もつ》て観《み》れば、則《すなわ》ち厚葬久喪《こうそうきゅうそう》は其《そ》れ聖《せい》王《おう》の道《みち》に非《あら》ざるなり、と。

事一、猶レ合レ節也。若以レ此観、
則厚葬久喪其非二聖王之道一也。
（節葬下）

■コラム2　現代の若者と墨子

日本の大学で中国古典に関する講義をしていると、必ずといっていいほど、以下のような声が聞かれます。「今、ある漫画を読んでいて、秦の時代に興味があります」「この話を題材にしたアニメを見たことがあります」「『三国志』のゲームが好きで、よくやっています」など。現代において、漫画・アニメ・ゲームなどのサブカルチャーが中国古典への入り口になっているのです。

では、中国ではどうでしょうか。ある中国人留学生に、「中国の若い世代の人たちにとって、諸子百家はどんなイメージですか」と聞いてみたところ、こんな答えが返ってきました。「今、墨子を題材にしたゲームが大人気ですよ」と。

ゲームの名前は、「軒轅剣《けんえんけん》」。台湾のゲーム会社（大宇資訊、日本名ソフトスター社）が開発したもので、一九九〇年に第一弾が発売されてから絶大な人気を誇っているそうです。その解説によると、「中国戦国時代の墨家という学派が残した〝機関〟と呼ばれる動力装置や科学技術をめぐる壮大なストーリーと、機関獣という斬新な戦闘キャラクターを使ってのバトルプレイが多くのファンを引き付けています。」とのこと。もう少し調べて見ると、主人公は墨子の弟子で、シリーズによってはその弟子が女性のこともあるようです。

少し前ならば、墨子といえば映画『墨攻』（原作は酒見賢一氏の小説）を連想する人が多かったのですが、少しずつ変化してきているようです。中国に滞在しているときに何気なくテレビを見ていると、墨子とその弟子たちが登場するアニメが放映されていて、少し驚いたこともあります。

中国の若者にとっても、このような媒体が中国古典への入り口になっているというのは、面白い現象です。「軒轅剣」のようなものが日本で流行すれば、意外な形で墨子ブームが到来するかもしれません。

六、音楽がもたらす弊害

音楽にふけるのはよくない

子墨子が言われた、仁者のつとめは、必ず天下の利を興し、天下の害を除こうと努力して、天下の法則であろうとするところにある。人に利益を与えるならば、ただちにそれを行い、人に利益を与えなければ、ただちにそれを止める、と。さて、仁者が天下のために謀るには、目に見て美しいとするもの、耳に聞いて楽しいもの、口で味わって美味しいもの、身体に感じて安楽なもののために行うのではない。これらのことが民の衣食の財物を損なったり奪ったりする場合は、仁者は行わない。だから子墨子が音楽を非難する理由は、大鍾・鳴鼓・琴瑟・竽笙などの音色を、楽しくないとするのではない。彫刻や文様の色彩を、美しくないとするのではない。肉類の炙りものの味を、おいしくないとするのではない。大きい建物や奥深い住居を、安楽ではないとするのではない。身体はその安楽を知り、口はそのおいしさを知り、目はその美しさを知り、耳はその楽しさを知っているが、よくよく考えると、上は聖王のつとめにあたらないし、下は民の利益にあたらない。だから子墨子は言われた、音楽に耽《ふけ》るのはよくない、と。

子墨子《しぼくし》言《い》いて曰《いわ》く、仁者《じんしゃ》の事《こと》は、必《かなら》ず務《つと》めて天下《てんか》の利《り》を興《おこ》し、天下《てんか》の害《がい》を除《のぞ》かんことを求《もと》め、将《まさ》に以《もっ》て天下《てんか》に法為《ほうた》らんとす。人《ひと》を利《り》せんか、即《すなわ》ち為《な》し、人《ひと》を利《り》せざらんか、即《すなわ》ち止《や》む、と。且《か》つ夫《そ》れ仁者《じんしゃ》の天下《てんか》の為《ため》に度《はか》るや、其《そ》の目《め》の美《び》とする所《ところ》、耳《みみ》の楽《たの》しむ所《ところ》、口《くち》の甘《うま》しとする所《ところ》、身体《しんたい》の安《やす》しとする所《ところ》の為《ため》に非《あら》ず。此《これ》を以《もっ》て民《たみ》の衣食《いしょく》の財《ざい》を虧奪《きだつ》するは、仁者《じんしゃ》は為《な》さざるなり。是《こ》の故《ゆえ》に子墨子《しぼくし》の楽《がく》を非《ひ》とする所以《ゆえん》の者《しゃ》は、大鍾《たいしょう》・鳴鼓《めいこ》・琴瑟《きんしつ》・竽笙《うしょう》の声《せい》

子墨子言曰、仁者之事者、必務求下興二天下之利一、除中天下之害上、将二以為レ法二乎天下一。利レ人乎、即為、不レ利レ人乎、即止。且夫仁者之為二天下一度也、非レ為二其目之所レ美、耳之所レ楽、口之所レ甘、身体之所レ安。以レ此虧二奪民衣食之財一、仁者弗レ為也。是故子墨子之所二以非レ楽者、非下以二大

を以《もっ》て、以《もっ》て楽《たの》しからずと為《な》すに非《あら》ず。刻鏤《こくろう》文章《ぶんしょう》の色《いろ》を以《もっ》て、以《もっ》て美《び》ならずと為《な》すに非《あら》ず。犓豢煎炙《すうかんせんせき》の味《あじ》を以《もっ》て、以《もっ》て甘《あま》からずと為《な》すに非《あら》ず。高台厚榭邃野《こうだいこうしゃすいや》の居《きょ》を以《もっ》て、以《もっ》て安《やす》からずと為《な》すに非《あら》ず。身《み》は其《そ》の安《やす》きを知《し》り、口《くち》は其《そ》の甘《あま》きを知《し》り、目《め》は其《そ》の美《び》を知《し》り、耳《みみ》は其《そ》の楽《たの》しきを知《し》ると雖《いえど》も、然《しか》れども上《うえ》は之《これ》を考《かんが》えて聖王《せいおう》の事《こと》に中《あた》らず、下《した》は之《これ》を度《はか》りて万民《ばんみん》の利《り》に中《あた》らず。是《こ》の故《ゆえ》に子墨子《しぼくし》曰《いわ》く、楽《がく》を為《な》すは非《ひ》なり、と。

鍾・鳴鼓・琴瑟・竽笙之声㆒、以為㆖㆑不㆑楽也。非㆘以㆓刻鏤文章之色㆒、以為㆖㆑不㆑美也。非㆘以㆓犓豢煎炙之味㆒、以為㆖㆑不㆑甘也。非㆘以㆓高台厚榭邃野之居㆒、以為㆖㆑不㆑安也。雖㆘身知㆓其安㆒也、口知㆓其甘㆒也、目知㆓其美㆒也、耳知㆗其楽㆖也、然上考㆑之不㆑中㆓聖王之事㆒、下度㆑之不㆑中㆓万民之利㆒。是故子墨子曰、為㆑楽非也。(非楽上)

▽非楽《ひがく》篇において墨子は、貴族階級の音楽愛好の風習が政務だけでなく民の生活を妨げ

ていると指摘し、その全面的な禁止を主張します。音楽を聞いて楽しむことは、目に見る美しさ、口に味わうおいしさ、住居の快適さなどとともに人間の求める快楽の一つであるものの、それは聖王の行うべきことではなく、また民の利益にもならないので、音楽に耽ってはいけないと述べています。

この節の後には、音楽がもたらす弊害を指摘します。

楽器をつくること

いま王公大人が楽器をつくることに専念し、それを国家の仕事としているが、楽器をつくるには、ただ溜まり水を汲み取ったり、土で築いた壇をかき取ったりしてたやすくつくれるものではない。必ず民から重い租税を取り立てて、そうして大鍾《だいしょう》・鳴鼓《めいこ》・琴瑟《きんしつ》・竽笙《うしょう》などの音楽を奏でるのである。もしそれがたとえば聖人が舟や車をつくるのと同様であれば、けっして非難はしない。むかし聖王もまた万民から重い租税を取り立てて、それによって舟や車をつくった。舟や車ができあがると、聖王は言った、これをどこに使用しようか、舟は水上に、車は陸に使用しよう。そうすれば為政者は足を休息させ、民衆は肩や背中を休息させることができるだろう、と。そこで万民は財物を供出して、資としてこれを与え、少しもうらみとしなかった。それはなぜであろうか。財物の取り立てがかえって民の利にかなったからである。もし楽器をつくることも、このようにかえって民の利にかなうならば、けっして非難はしない。

今王公大人《いまおうこうたいじん》、雖無《ただ》楽器《がっき》を造為《ぞうい》して、以《もっ》て事《こと》を国家《こっか》に為《な》すは、直《ただ》潦水《りょうすい》を掊《と》り壌坦《じょうだん》を折《た》ちて之《これ》を為《つく》るのみに非《あら》ざるなり。将《まさ》に必《かなら》ず厚《あつ》く万《ばん》民《みん》に措斂《せきれん》して、以《もっ》て大鍾《だいしょう》・鳴鼓《めいこ》・琴瑟《きんしつ》・竽笙《うしょう》の声《こえ》を為《な》さんとす。之《これ》を譬《たと》うるに聖王《せいおう》の舟車《しゅうしゃ》を為《つく》るが若《ごと》くならば、即《すなわ》ち我《われ》は敢《あ》えて非《ひ》とせざ

今王公大人、雖無造二為楽器一、以為二事乎国家一、非下直掊二潦水一折二壌坦一而為上レ之也。将下必厚措二斂乎万民一、以為中大鍾・鳴鼓・琴瑟・竽笙之声上。譬レ之若三聖王之為二舟車一也、

るなり。古者聖王《いにしえせいおう》、亦嘗《またかつ》て厚《あつ》く万民《ばんみん》に措斂《せきれん》して、以《もっ》て舟車《しゅうしゃ》を為《つく》れり。既《すで》以に成《な》る。曰《いわ》く、吾将《われまさ》に悪許《いずこ》にか之《これ》を用《もち》いん。曰《いわ》く、舟《しゅう》は之《これ》を水《みず》に用《もち》い、車《しゃ》は之《これ》を陸《りく》に用《もち》いん。君子《くんし》は其《そ》の足《あし》を息《いこ》え、小人《しょうじん》は其《そ》の肩背《けんはい》を休《いこ》う、と。故《ゆえ》に万民《ばんみん》は財《ざい》を出《いだ》し、齎《もたら》して之《これ》を予《あた》え、敢《あえ》て以《もっ》て感恨《せきこん》と為《な》さざるとするは、何《なん》ぞや。其《そ》の反《かえ》りて民《たみ》の利《り》に中《あた》るを以《もっ》てなり。然《しか》らば則《すなわ》ち楽器《がっき》の反《かえ》りて民《たみ》の利《り》に中《あた》ること亦此《またかく》の若《ごと》くならば、即《すなわ》ち我《われ》は敢《あえ》て非《ひ》とせざるなり。

即我弗二敢非一也。古者聖王、亦嘗厚措二斂乎万民一、以為二舟車一。既以成矣。曰、吾将悪許用レ之。曰、舟用二之水一、車用二之陸一。君子息二其足一焉、小人休二其肩背一焉。故万民出レ財、齎而予レ之、不三敢以為二感恨一者、何也。以三其反中二民之利一也。然則楽器反中二民之利一亦若レ此、即我弗二敢非一也。（非楽上）

楽器がもたらす三つの憂い

そうであるならば今はどうであるかというと、楽器を使用していることは、民に三つの憂いをもたらしている。飢えている者は食を得ず、寒さに凍えている者は衣を得ず、疲労している者は休息を得ない。この三つは民の大きな憂いである。このような状態でありながら、大鐘をつき、鳴鼓を撃ち、琴瑟を弾じ、竽笙を吹き、干戚をあげて舞っているが、民の衣食の資財は、いったいどうにかして得られるのであろうか。それはおそらく得られないであろう。しばらくはこの問題を置くことにしよう。今、大国は小国を攻め、大家は小家を伐ち、強者は弱者をおびやかし、多数者は少数者に乱暴し、詐謀あるものは愚者を欺き、貴い者は賤しい者におごり、叛乱盗賊がならび興り、それを禁止できない状態である。このような状態でありながら、大鐘をつき、鳴鼓を撃ち、琴瑟を弾じ、竽笙を吹き、干戚をあげて舞っているが、この天下の混乱は、いったいどうにかして治めることができるのであろうか。それはおそらくできないであろう。そこで子墨子が言われた、しばらく試みに万民から重税を取り立て、そうして大鐘・鳴鼓・琴瑟・竽笙の音楽を奏でて、天下の利を興し、天下の害を除こうと願っても、何の助けにもならないのだ。だから子墨子は言われた、音楽に耽《ふけ》るのはよくない、と。

然《しか》らば則《すなわ》ち楽器《がっき》を用《もち》うるが当《ごと》きは、民《たみ》に三《さん》患《かん》有《あ》り。飢《う》える者《もの》は食《しょく》を得《え》ず、寒《こご》える者《もの》は衣《い》を得《え》ず、労《ろう》する者《もの》は息《いこい》を得《え》ず。三者《さんしゃ》は民《たみ》の巨《きょ》患《かん》なり。然《しか》らば即《すなわ》ち之《これ》が為《ため》に巨鐘《きょしょう》を撞《つ》き、鳴《めい》鼓《こ》を撃《う》ち、琴瑟《きんしつ》を弾《だん》じ、竽笙《うしょう》を吹《ふ》き、干戚《かんせき》を揚《あ》ぐるが当《ごと》きは、民《たみ》の衣食《いしょく》の財《ざい》、将《はた》安《いずく》んぞ得《う》べきか。即《すなわ》ち我《われ》は以為《おもえ》らく未《いま》だ必《かなら》ずしも然《しか》らずと。意《い》此《これ》を舎《お》かん。今大国《いまたいこく》有《あ》りて即《すなわ》ち小国《しょうこく》

然則当レ用二楽器一、民有二三患一。飢者不レ得レ食、寒者不レ得レ衣、労者不レ得レ息。三者民之巨患也。然即当下為レ之撞二巨鐘一、撃二鳴鼓一、弾二琴瑟一、吹二竽笙一而揚中干戚上、民衣食之財、将安可レ得乎。即我以為未二必然一也。意舎レ此。今有二大国一即

を攻《せ》め、大家《たいか》有《あ》りて即《すなわ》ち小家《しょうか》を伐《う》ち、強《きょう》は弱《じゃく》を劫《おびやか》し、衆《しゅう》は寡《か》を暴《ぼう》し、詐《さ》は愚《ぐ》を欺《あざむ》き、貴《き》は賤《せん》に傲《おご》り、寇乱盗賊《こうらんとうぞく》並《なら》びに興《おこ》り、禁止《きんし》すべからず。然《しか》らば即《すなわ》ち之《これ》が為《ため》に巨鐘《きょしょう》を撞《つ》き、鳴鼓《めいこ》を撃《う》ち、琴瑟《きんしつ》を弾《だん》じ、竽笙《うしょう》を吹《ふ》き、干戚《かんせき》を揚《あ》ぐるが当《ごと》きは、天下《てんか》の乱《みだ》るるや、将安《はたいずく》んぞ得《え》て治《おさ》むべきか。即《すなわ》ち我《われ》は以為《おもえ》らく未《いま》だ必《かなら》ずしも然《しか》らずと。是《こ》の故《ゆえ》に子墨子《しぼくし》曰《いわ》く、姑《しばら》く嘗《こころみ》に厚《あつ》く万民《ばんみん》を措斂《せきれん》し、以《もっ》て大鍾《だいしょう》・鳴鼓《めいこ》・琴瑟《きんしつ》・竽笙《うしょう》の声《こえ》を為《な》し、以《もっ》て天下《てんか》の利《り》を興《おこ》し、天下《てんか》の害《がい》を除《のぞ》かんことを求《もと》むるも、補《ほ》無《な》きなり。是《こ》の故《ゆえ》に子墨子《しぼくし》曰《いわ》く、楽《がく》を為《な》すは非《ひ》なり、と。

攻二小国一、有二大家一即伐二小家一、強劫レ弱、衆暴レ寡、詐欺レ愚、貴傲レ賤、寇乱盗賊並興、不レ可二禁止一也。然即当下為レ之撞二巨鐘一、撃二鳴鼓一、弾二琴瑟一、吹二竽笙一、而揚中干戚上、天下之乱也、将安可二得而治一与。即我以為未二必然一也。是故子墨子曰、姑嘗厚措二斂乎万民一、以為二大鍾・鳴鼓・琴瑟・竽笙之声一、以求下興二天下之利一、除中天下之害上、而無レ補也。是故子墨子曰、為レ楽非也。(非楽上)

▽ここでは、貴族が音楽を重視することで、民に重税を課していること、民に衣食住の不安をもたらし、音楽に耽るままでは天下の混乱を鎮めることができないと説きます。この後にも、青壮年層の男女が演奏者となるために農耕や紡織などの生産の妨げになることなどを挙げていきます。

古代において音楽は、人に感動を与えるだけでなく、心を教化し、人を誘導する力があると考えられていました。五経（儒家が重んじた五つの経典）の一つである『礼記《らいき》』の楽記篇には、音楽が国の治乱や人の哀楽の感情と密接に関わるという儒家の音楽理論が見えます。一方、墨子は、音楽は天下を混乱させるものだと主張する「非楽《ひがく》」（音楽を非とする）の理論を展開します。この墨子の言葉の背景にも、やはり儒家に対する批判があるといえるでしょう。

七、「天」と「鬼神」はどんな存在か

天は何を欲するのか

それでは、天は何を欲して何を憎むのであろう。天は義を欲して不義を憎むのである。それでは天下の人々を導いて義に力を尽くせば、それで自分は天の欲することを為していることになるのである。自分が天の欲することを為せば、天もまた自分の欲することを為してくれるであろう。それでは自分は何を欲し何を憎むのであろうか。自分は福禄を欲して禍や祟りを憎む。もし自分が天の欲することを為さないで、天の欲しないことを為すならば、そうすれば自分は天下の人々を導いて禍や祟りのために力を尽くしているのである。それならば何によって天が義を欲して不義を憎むことがわかるのであろうか。それは、天下に義があれば人々は生存し、義がなければ死滅し、義があれば富み、義がなければ貧しく、義があれば治まり、義がなければ乱れるからである。天は人々の生存を欲して死滅を憎み、富有を欲して貧困を憎み、治平を欲して混乱を憎むものである。これが、自分が天の義を欲して不義を憎むことがわかるわけである。

然《しか》らば則《すなわ》ち天《てん》は亦《また》何《なに》をか欲《ほっ》し何《なに》をか悪《にく》む。天《てん》は義《ぎ》を欲《ほっ》して不義《ふぎ》を悪《にく》む。然《しか》らば則《すなわ》ち天下《てんか》の百姓《ひゃくせい》を率《ひき》いて以《もっ》て義《ぎ》に従事《じゅうじ》せば、則《すなわ》ち我《われ》乃《すなわ》ち天《てん》の欲《ほっ》する所《ところ》を為《な》すなり。我天《われてん》の欲《ほっ》する所《ところ》を為《な》さば、天《てん》も亦我《またわれ》が欲《ほっ》する所《ところ》を為《な》さん。然《しか》らば則《すなわ》ち我《われ》は何《なに》をか欲《ほっ》し何《なに》をか悪《にく》む。我《われ》は福禄《ふくろく》を欲《ほっ》して禍祟《かすい》を悪《にく》む。若《も》し我天《われてん》の欲《ほっ》する所《ところ》を為《な》さずして、天《てん》の欲《ほっ》せざる所《ところ》を為《な》さば、然《しか》らば則《すなわ》ち我天下《われてんか》の百姓《ひゃくせい》を率《ひき》いて、以《もっ》て禍祟《かすい》の中《なか》に従事《じゅうじ》するなり。然《しか》らば則《すなわ》ち何《なに》を以《もっ》て天《てん》の義《ぎ》を欲《ほっ》して不義《ふぎ》を悪《にく》むを知《し》るや。曰《いわ》く、天《てん》

然則天亦何欲何悪。天欲㆑義而悪㆓不義㆒。然則率㆓天下之百姓㆒以従㆓事於義㆒、則我乃為㆓天之所㆑欲也。我為㆓天之所㆑欲、天亦為㆓我所㆑欲。然則我何欲何悪。我欲㆓福禄㆒而悪㆓禍祟㆒。若我不㆑為㆓天之所㆑欲、而為㆓天之所㆑不㆑欲、然則我率㆓天下之百姓㆒、以従㆓事於禍祟中㆒也。然則何以知㆔天之欲㆑義而悪㆓不義㆒。曰、天下有㆑義則生、

下《か》に義《ぎ》有《あ》らば則《すなわ》ち生《い》き、義《ぎ》無《な》ければ則《すなわ》ち死《し》す。義《ぎ》有《あ》れば則《すなわ》ち富《と》み、義《ぎ》無《な》ければ則《すなわ》ち貧《まず》し。義《ぎ》有《あ》れば則《すなわ》ち治《おさ》まり、義《ぎ》無《な》ければ則《すなわ》ち乱《みだ》る。然《しか》らば則《すなわ》ち天《てん》其《そ》の生《せい》を欲《ほっ》して其《そ》の死《し》を悪《にく》み、其《そ》の富《ふ》を欲《ほっ》して其《そ》の貧《ひん》を悪《にく》み、其《そ》の治《ち》を欲《ほっ》して其《そ》の乱《らん》を悪《にく》む。此《こ》れ我《わ》が天《てん》の義《ぎ》を欲《ほっ》して不義《ふぎ》を悪《にく》むを知《し》る所以《ゆえん》なり。

無レ義則死。有レ義則富、無レ義則貧。有レ義則治、無レ義則乱。然則天欲二其生一而悪二其死一、欲二其富一而悪二其貧一、欲二其治一而悪二其乱一。此我所四以知三天欲レ義而悪二不義一也。

（天志上）

▽天志篇は、「天の意志」について述べた篇です。墨子は、「天」には意志があるとはっきり述べています。

天志上篇の冒頭では、天下の士君が日常生活において起こる問題には厳しく自らを戒めるのに、その戒めの基準である天の存在に対してはおろそかにしていると墨子は指摘します。それに続くのが右記の文章です。ここでは、天は義を欲して不義を憎むものであると述べ、人が天の望む義に尽力するならば、それに応じて天もまた人の望む福禄を与えると言っています。この篇で墨子は、天が、人々が生き、富み、社会が治まるという義を望んでいるのだと指摘しています。

天は人々を愛す

それでは、何によって天が天下の人々を愛していることがわかるのであろうか。それは天があまねく人々を明るく照らしているからである。何によって天があまねく人々を明るく照らしていることがわかるのであろうか。それは天があまねく人々を保有しているからである。何によって天があまねく人々を保有していることがわかるのであろうか。それは天があまねく人々から供物を受けているからである。何によって天があまねく人々の供物を受けていることがわかるのであろうか。それは、四海（この世）の中で、穀類を常食としている民は、牛や羊を飼い、犬や豚を養って犠牲とし、清浄に供物や御酒をつくって上帝鬼神を祭祀しない者はないからである。このように天はその領邑の民を保有しているのである、どうしてこの民を愛しないことがあろうか。また自分は言うのである、一人の罪なき人を殺した場合には、必ず一つの不祥の罰を受ける、と。罪なき人を殺すのは誰であろうか。それは人間である。この者に不祥の罰を与えるのは誰であろうか。それは天である。もし天が天下の人々を愛していないとするならば、人と人とが殺し合った場合に、何故に天はこれに不祥の罰を与えるであろうか。これによって、自分は天が天下の人々を愛していることを知るのである。

然《しか》らば則《すなわ》ち何《なに》を以《もつ》て天《てん》の天下《てんか》の百姓《ひやくせい》を愛《あい》するを知《し》るや。其《そ》の兼《かね》て之《これ》を明《あき》らかにするを以《もつ》てなり。何《なに》を以《もつ》て其《そ》の兼《かね》て之《これ》を明《あき》らかにするを知《し》るや。其《そ》の兼《かね》て之《これ》を有《たも》つを以《もつ》てなり。何《なに》を以《もつ》て其《そ》の兼《かね》て之《これ》を有《たも》つを知《し》るや。其《そ》の兼《かね》て焉《これ》に食《しよく》するを以《もつ》てなり。何《なに》を以《もつ》て其《そ》の兼《かね》て焉《これ》

然則何以知㆔天之愛㆓天下之百姓㆒。以㆓其兼而明㆑之。何以知㆓其兼而明㆑之。以㆓其兼而有㆑之。何以知㆓其兼而有㆑之。以㆓其兼而食㆑焉。何以知㆓其兼而食㆑焉。曰、四海之内、粒食

に食《しょく》するを知《し》るや。曰《いわ》く、四海《しかい》の内《うち》、粒食《りゅうしょく》の民《たみ》、牛羊《ぎゅうよう》を犓《か》い、犬彘《けんてい》を豢《やしな》い、潔《いさぎよ》く粢《し》盛酒醴《せいしゅれい》を為《つく》り、以《もっ》て上帝鬼神《じょうていきしん》に祭祀《さいし》せざる莫《な》し。天《てん》は邑人《ゆうじん》を有《たも》つ、何《なに》を用《もっ》て愛《あい》せざらんや。且《か》つ吾《われ》は言《い》う、一不辜《いちふこ》を殺《ころ》す者《もの》は、必《かなら》ず一不祥有《いちふしょうあ》り、と。不辜《ふこ》を殺《ころ》す者《もの》は誰《たれ》ぞや。則《すなわ》ち人《ひと》なり。之《これ》に不祥《ふしょう》を予《あた》うる者《もの》は誰《たれ》ぞや。則《すなわ》ち天《てん》なり。若《も》し天《てん》を以《もっ》て天下《てんか》の百姓《ひゃくせい》を愛《あい》せずと為《な》さば、則《すなわ》ち何《なん》の故《ゆえ》に人《ひと》と人《ひと》とを相殺《あいころ》すを以《もっ》て、天之《てんこれ》に不祥《ふしょう》を予《あた》えんや。此《こ》れ我《わ》が天《てん》の天下《てんか》の百姓《ひゃくせい》を愛《あい》するを知《し》る所以《ゆえん》なり。

之民、莫レ不下犓二牛羊一、豢二犬彘一、潔為二粢盛酒醴一、以祭中祀於上帝鬼神上。天有二邑人一、何用弗レ愛也。且吾言、殺二一不辜一者、必有二一不祥一。殺二不辜一者誰也。則人也。予二之不祥一者誰也。則天也。若以レ天為レ不レ愛二天下之百姓一、則何故以二人与レ人相殺一、而天予二之不祥一。此我所四以知三天之愛二天下之百姓一也。（天志上）

▽ここでは、天が天下の人々を「兼愛」していることを詳述し、天があまねく人々を明

るく照らすことが、天が人々を領邑の民として慈しみ愛することの証明だとしています。これは、兼愛の理論の補強とも言えるでしょう。

さて、ここでは、祭祀を行う対象として、「上帝鬼神」が登場しています。上帝は、上天とも言われ、この世を支配している「天」を指すと考えられます。では、「鬼神」とはどのような存在なのでしょうか。そのことを詳しく述べている明鬼篇を見てみましょう。

鬼神の存在

子墨子が言われた、むかし三代の聖王が死没するに及んでは、天下に是非の道理が失われ、諸侯は武力で他国を討つようになった。そこで人の君臣上下の関係において恵と忠の道が失われ、父子兄弟の関係において慈孝・弟長・貞良の道が失われ、君長は政務を執ることにつとめず、庶人は自分の仕事につとめないようになった。民が乱暴や叛逆や盗賊などをはたらき、武器や毒薬や水火などを使用して、罪なき人を道路で阻止して、他人の馬車や衣類を奪って自分の利をはかるのは、すべてこれから起こった。そこで天下が乱れた。このようになった理由は何であろうか。それは、鬼神が存在するかしないかの弁別にまどい、鬼神が賢人を賞して暴人を罰することがわからないからにほかならない。いまもし天下の人にともに鬼神が賢人を賞し暴人を罰することを信じさせたならば、天下はどうして乱れることがあろうか。ところがいま、鬼神の存在を信じない立場を取る者は言う、「鬼神はもともと存在しない」と。そして毎日その論をもって天下の人々に教えて、天下の人々をまどわしている。このようにして天下の人々にみな鬼神が存在するかしないかの弁別にまどわせている。そこで天下が乱れるのである。だから子墨子が言われた、いま天下の王公・大人・士君子は、まことに天下の利をおこし、天下の害を除きたいと願うならば、鬼神が存在するかしないかの弁別については、考察を加えて明らかにしなければならないのである、と。

二

子墨子《しぼくし》言《い》いて曰《いわ》く、昔三代《むかしさんだい》の聖王《せいおう》既《すで》に没《ぼっ》す

子墨子言曰、逮レ至二昔三代聖

るに至《いた》るに逮《およ》び、天下《てんか》義《ぎ》を失《うしな》い、諸侯力正《しょこうりょくせい》す。是《これ》を以《もっ》て夫《か》の人《ひと》の君臣上下《くんしんじょうげ》為《た》る者《もの》の恵忠《けいちゅう》ならず、父子《ふし》弟兄《ていけい》の慈孝弟長貞良《じこうていちょうていりょう》ならず、正長《せいちょう》の治《ち》を聴《き》くに強《つと》めず、賤人《せんじん》の事《こと》に従《したが》うに強《つと》めざる存《あ》り。民《たみ》の淫暴寇乱盗賊《いんぼうこうらんとうぞく》を為《な》し、兵刃毒薬《へいじんどくやく》水火《すいか》を以《もっ》て無罪《むざい》の人《ひと》を道路《どうろ》率径《りっけい》に退《とど》め、人《ひと》の車馬《しゃば》衣裘《いきゅう》を奪《うば》いて以《もっ》て自《みずか》ら利《り》する者《もの》、並《なら》びに此《こ》れ由《よ》り作《つく》る。是《ここ》を以《もっ》て天下《てんか》乱《みだ》る。此《こ》れ其《そ》の故《ゆえ》は何《なに》を以《もっ》て然《しか》るや。則《すなわ》ち皆《みな》鬼神《きしん》の有《あ》ると無《な》きとの別《べつ》に疑惑《ぎわく》し、鬼神《きしん》の能《よ》く賢《けん》を賞《しょう》して暴《ぼう》を罰《ばつ》することに明《あき》らかならざるを以《もっ》てなり。

今若《いまも》し天下《てんか》の人《ひと》をして偕《とも》に鬼神《きしん》の能《よ》く賢《けん》を賞《しょう》して暴《ぼう》を罰《ばつ》することを信《しん》ぜしめば、則《すなわ》ち夫《そ》れ

王既没、天下失㆑義、諸侯力正。是以存㆘夫為㆓人君臣上下㆒者之不㆓恵忠㆒也、父子弟兄之不㆓慈孝弟長貞良㆒也、正長之不㆑強㆓於聴㆑治、賤人之不㆖㆑強㆓於従㆑事也。民之為㆓淫暴寇乱盗賊㆒、以㆓兵刃毒薬水火㆒退㆓無罪人乎道路率径㆒、奪㆓人車馬衣裘㆒以自利者、並由㆑此作。是以天下乱。此其故何以然也。則皆以㆘疑㆓惑鬼神之有与㆑無之別㆒、不㆖㆑明㆓乎鬼神之能賞㆑賢而罰㆑暴也。今若使㆔天下之人

天下《てんか》の豈《あ》に乱《みだ》れんや。今無鬼《いまむき》を執《と》る者曰《ものいわ》く、「鬼神《きしん》は固《もと》より有《あ》る無《な》し」と。旦暮《たんぼ》に以《もっ》て天下《てんか》を教誨《きょうかい》して、天下《てんか》の衆《しゅう》を疑《うたが》わしむることを為《な》す。天下《てんか》の衆《しゅう》をして皆鬼神有無《みなきしんうむ》の別《べつ》を疑惑《ぎわく》せしむ、是《ここ》を以《もっ》て天下《てんか》乱《みだ》る。是《ここ》の故《ゆえ》に子墨子《しぼくし》曰《いわ》く、今天下《いまてんか》の王公大人士君子《おうこうたいじんしくんし》、実《じつ》に天下《てんか》の利《り》を興《おこ》し、天下《てんか》の害《がい》を除《のぞ》かんことを求《もと》めんと将欲《ほっ》せば、故《すなわ》ち鬼神《きしん》の有《あ》ると無《な》きとの別《べつ》の当《ごと》きは、将《まさ》に以《もっ》て此《これ》を明察《めいさつ》せざるべからざる者《もの》なり、と。

偕信二鬼神之能賞レ賢而罰一レ暴也、則夫天下豈乱哉。今執二無鬼一者曰、「鬼神者固無レ有。」旦暮以為下教二誨乎天下一、疑中天下之衆上。使三天下之衆皆疑二惑乎鬼神有無之別一、是以天下乱。是故子墨子曰、今天下之王公大人士君子、実将丁欲求丙興二天下之利一、除乙天下之害甲、故当二鬼神之有与レ無之別一、将不レ可四以不三明二察此一者也。（明鬼下）

▽篇名になっている「明鬼」とは、鬼神の存在を証明するという意味です。この篇では、鬼神の存在を証明することを通して、鬼神は万人の行為を監察し、それにふさわしい賞罰を与えるので、これを祀るだけでなく、国家の政治においても、鬼神の監察に堪えうる政治を行わなければならない、と説いています。中国における「鬼神」の定義は難しいのですが、普通、天や山水の神々、人間の霊魂などの総称とされ、日本の「鬼」とは異なります。

ここでは、天下が乱れた原因は、鬼神の存在に疑惑がもたれているからだと指摘し、だから鬼神の存在を明らかにしなければならない、と説いています。続く文章では、実際に多くの人々が鬼神を見たり聞いたりしたかどうかによって、鬼神の存在を確かめることができると述べ、この方法で鬼神の存在を検証すべきだと主張しています。そして、周の時代、臣下の杜伯の亡霊に誅殺された宣王（周の第十一代の王で、当初善政を行うものの、後に臣下からの諫言を聞き入れず失政を重ね、王朝滅亡の間接的原因を作った人物）や、秦の穆公《ぼくこう》（上帝からの使者によって延命や国家・子孫の繁栄と多福を賜ったとされる人物）など、鬼神の存在証明に関わる数々のエピソードを紹介していきます。

ただ、鬼神の存在を信じない立場を取る人にとっては、見聞による証明だけでは不十分に感じるでしょう。そこで、無鬼論の立場の人に対して、周の武王が鬼神祭祀を諸侯に司らせたことを引用して反論します。また、虞《ぐ》・夏・商（殷）・周の聖王の政治が鬼神に仕えることを第一にしたこと、その事実が後世に伝わらないことを恐れて竹簡や帛書、青銅器に記録したことを述べます。また、歴代帝王の事績を記した『尚書』（『書経』）の中にも鬼神の存在を証明する記述があることを指摘します。その中でも鬼神は、賞罰を与える存在として登場します。

鬼神祭祀の意味

いま鬼神の存在を信じない立場を取る者は言う、「鬼神はもともと本当に存在しない。だから御酒や供物や犠牲などの財物を供えないのである。自分がいまその御酒や供物や犠牲などの財物を惜しまない〔で供える〕とするならば、それによって得るところのものは、いったい何であろうか（鬼神は存在しないから何も得られない）。このような無駄は、上は聖王の書にそむき、内は人民や孝子の行いにそむくものである。しかもそれによって天下の上士であろうとすることは、上士たるべき道にそむく」と。そこで子墨子が言われた、いま自分が祭祀を行うのは、お供えの財物をただ空しく溝や川に流して捨てるような無駄をしているのではない。上は鬼神の福を求め、下は歓びをともにし集い合って、村里の親密を結ぶためである。もし鬼神が本当に存在するならば、父母や兄姉の鬼神にこれを食べてもらえるのである。これは天下のために利事ではないか、と。そこで子墨子はまた言われた、いま天下の王公大人士君子が、まことに天下の利を興し、天下の害を除こうと願うならば、鬼神が存在することについては、鬼神を敬いつつその存在を明らかにしなければならない。それが聖王の道である、と。

今無鬼《いまむき》を執《と》る者言《ものい》いて曰《いわ》く、「鬼神《きしん》は固《もと》より請《まこと》に有《あ》ること無《な》し。是《ここ》を以《もっ》て其《そ》の酒醴粢《しゅれいし》盛《せい》犠《ぎ》牲《せい》の財《ざい》を共《そな》えず。吾《われ》乃《すなわ》ち今《いま》其《そ》の酒醴粢《しゅれいし》盛犠《せいぎ》

今執二無鬼一者言曰、「鬼神者固請無レ有。是以不レ共二其酒醴粢盛犠牲之財一。吾非三乃今

牲《せい》の財《ざい》を愛《いとし》むに非《あら》ざるか、其《そ》の得《え》る所《ところ》の者《もの》は臣将何《しんしょうなん》ぞや。此《こ》れ上《かみ》は聖王《せいおう》の書《しょ》に逆《さから》い、内《うち》は民人孝子《みんじんこうし》の行《おこな》いに逆《さから》う。而《しか》るに天下《てんか》に上士《じょうした》為らんとするは、此《こ》れ上士為《じょうした》る所以《ゆえん》の道《みち》に非《あら》ざるなり」と。是《こ》の故《ゆえ》に子墨子《しぼくし》曰《いわ》く、今吾《いまわ》が祭《さい》祀《し》を為《な》すや、直《じき》に之《これ》を汙壑《おがく》に注《そそ》いで之《これ》を棄《す》つるに非《あら》ざるなり。上《かみ》は以《もっ》て鬼《き》の福《ふく》を交《もと》め、下《しも》は以《もっ》て驩《かん》を合《あわ》せ衆《しゅう》を聚《あつ》め、親《しん》を郷里《きょうり》に取《と》る。若《も》し鬼神《きしん》請《まこと》に有《あ》らば、則《すなわ》ち是《こ》れ吾《わ》が父母《ふぼ》兄似《けいじ》を得《え》て之《これ》を食《しょく》せしむ。則《すなわ》ち豈《あ》に天下《てんか》の利事《りじ》に非《あら》ずや、と。是《こ》の故《ゆえ》に子墨子《しぼくし》曰《いわ》く、今天下《いまてんか》の王公大人士君子《おうこうたいじんしくんし》、中実《まこと》に天下《てんか》の利《り》を興《おこ》し、天《てん》下《か》の害《がい》を除《のぞ》かんことを求《もと》めんと将欲《ほっ》せば、鬼《き》

愛二其酒醴粢盛犧牲之財一乎、其所レ得者臣将何哉。此上逆二聖王之書一、内逆二民人孝子之行一。而為三上二士於天下一、此非下所三以為二上士一之道上也。」是故子墨子曰、今吾為二祭祀一也、非下直注二之汙壑一而棄上レ之也。上以交二鬼之福一、下以合レ驩聚レ衆、取二親乎郷里一。若鬼神請有、則是得二吾父母兄似一而食レ之也。則豈非二天下利事一也哉。是故子墨子曰、今天下之王公大人士君子、中実将丁欲求丙興二

神《しん》の有《あ》るが当若《ごと》きは、将《まさ》に尊明《そんめい》せざるべからざるなり。聖王《せいおう》の道《みち》なり、と。

天下之利㆒、除㆚天下之害㆙、当㆓若鬼神之有㆒也、将不㆑可㆑不㆓尊明㆒也、聖王之道也。（明鬼下）

▽無鬼の立場の人は、祭祀はまったくの無駄であり、それは聖王の教えや孝子の行いに背くと考えます。一方、墨子は、祭祀には鬼神に福を求め、村里の親睦をはかるという目的があると説きます。

ただ、ここでは少しほころびが生じています。祭祀によって村里の親睦をはかるというのは、一族の結びつきを強めるための手段ではありますが、鬼神の有無の話からは少しそれるのではないでしょうか。古代中国では祖先祭祀は重要な役割を果たすものの、それを目的化することはありませんでした。墨子の活動した戦国時代は祖先祭祀を中心とした宗族制が崩壊していた時期で、墨子は支持者を獲得するために祖先祭祀を利用しているようにも思えます。

古代中国では、天と人とは密接につながっているという天人相関思想が根強くありました。そんな中、戦国時代後期の儒家である荀子は、「天」は単なる自然現象にすぎず、

「人」の行いとは直接関係しないという「天人の分」という思想を説きました。その例として面白いのが、雨乞いに関する記述です。旱魃が続くと、普通、雨乞いの儀式が行われます。荀子は「天人の分」の立場ですから、当然、雨乞いには何の効果もないと断言します。ただ、雨乞いの効果を深く信じている庶民に向けてのパフォーマンスとして、雨乞いの儀式にも意味があるとも述べています。祭祀はそれほどに庶民の心に大きな影響を与えるものなのです。

墨家は、天の意志を信じていたり、鬼神の存在を信じていたりすることから、宗教的集団として見られることが多いのですが、その一方で宿命を否定しています（非命）。この篇は、墨家と宗教との距離がうかがえる篇であるとも考えられています。

八、さまざまな思考・問答・名言

ここからは、『墨子』諸篇に見えるさまざまな思考・問答・名言をピックアップして見ていきましょう。

論理的・科学的思考

まず、経《けい》上・経下・経説《けいせつ》上・経説下の四篇は、『墨子』の論理学、光学、力学などの記述をおさめたもので、「墨経」の名称で呼ばれています。経上・下篇は主文で、経説上・下篇はそれぞれの注釈・解説と考えられています。経の文章はもともと二段に分かれ、上段を読んだ後に下段を読み進めることになっていたのですが、後世の編者がそれを知らずに、上段一行目から下段一行目へと続けたため、文章全体が混乱してしまいました。今は、それが整えられていますが、文字解釈が難解な篇となっています。なお、上段を読んでから下段を読むのは、竹簡にしばしば見られる現象で、紙が普及した後に竹簡のそうした習慣も忘れられてしまったのでしょう（竹簡については、一六二頁参照）。

以下、経篇の文を〔経〕、経説篇の文を〔説〕と区別します。

〔経〕故。故とはそれを得てはじめて事物が成り立つものである（＝原因・理由）。

〔説〕故。小故（必要条件）は、それがあっても必ずしもそうならず、それがなければ必ずそうならない。大故（十分条件）は、それがあれば必ずそうなり、それがなければ必ずそうならない、たとえば目で見て物が見えるようなものである。

〔経〕故《こ》。得《え》る所《ところ》にして後《のち》成《な》るなり。

〔説〕故《こ》。小故《しょうこ》は、之《これ》有《あ》るも必《かなら》ずしも然《しか》らず、之《これ》無《な》ければ必《かなら》ず然《しか》らず。大故《だいこ》は、之《これ》有《あ》れば必《かなら》ず然《しか》り、之《これ》無《な》ければ必《かなら》ず然《しか》らず、見《み》ることの見《けん》を成《な》すが若《ごと》し。

〔経〕故。所レ得而後成也。（経上）

〔説〕故。小故、有レ之不二必然一、無レ之必不レ然。大故、有レ之必然、無レ之必不レ然。若二見之成一レ見也。（経説上）

▽ここでは、事物の成立についての定義を説いています。「故」は物事の成立する原因・理由、「小故」は必要条件、「大故」は十分条件を指します。

〔経〕知。知は知覚本能である。
〔説〕知の能力。知というものはそれによって事物を認知し、必ず認知することはあたかも目の明のようなものである。

〔経〕知《ち》。材《ざい》なり。
〔説〕知材《ちざい》。知《ち》なる者《もの》は知《し》る所以《ゆえん》なり、而《しか》して必《かなら》ず知《し》ること明《めい》の若《ごと》し。

〔経〕知。材也。（経上）
〔説〕知材。知也者所㆓以知㆒也、而必知若㆑明。（経説上）

▽ここでは、「知」は知覚本能であると定義します。そして、「慮」（はかり思うこと）、「知」（事物に接し交わるはたらき）、「恕」（「智」に同じ。筋道をつけて類別すること）を挙げ、知の成り立ちを説明していきます。

〔経〕仁。仁は体愛である。
〔説〕仁。己を愛するのは、己を利用するためではない。馬を愛するのとは異なる。

〔経〕仁《じん》。体愛《たいあい》なり。
〔説〕仁《じん》。己《おのれ》を愛《あい》する者《もの》は、己《おのれ》を用《もち》うるが為《ため》に非《あら》ざるなり。馬《うま》を愛《あい》する者《もの》の若《ごと》くならず。

〔経〕仁。体愛也。（経上）
〔説〕仁。愛レ己者、非レ為レ用レ己也。不レ若二愛レ馬者一。（経説上）

〔経〕義。利することである。

〔説〕義。わが志は天下の事をもって本分となし、そしてよく天下に十分に利をもたらす。しかしわが身は必ずしも重く用いられない。

〔経〕義《ぎ》。利《り》するなり。

〔説〕義《ぎ》。志《こころざし》は天下《てんか》を以《もっ》て芬《ぶん》と為《な》し、而《しか》して能《よ》く之《これ》を能利《のうり》す。必《かなら》ずしも用《もち》いられず。

〔経〕義。利也。（経上）

〔説〕義。志以㆓天下㆒為㆑芬、而能能㆓利之㆒。不㆓必用㆒。（経説上）

〔経〕行。為すことである。

〔説〕行。為すのに善き名を求めないのが行うことである。為すのに善き名を求めるのはいつわることであり、盗みをするようなものである。

〔経〕行《こう》。為《な》すなり。
〔説〕行《こう》。為《な》す所《ところ》名《めい》を善《よ》くせざるは、行《こう》なり。為《な》す所《ところ》名《めい》を善《よ》くするは、巧《こう》なり。盗《とう》を為《な》すが若《ごと》し。

〔経〕行。為也。（経上）
〔説〕行。所レ為不レ善レ名、行也。所レ為善レ名、巧也、若レ為レ盗。（経説上）

▽ここでは、「仁」「義」が説かれています。仁義というと儒家が説くものというイメージがありますが、墨家においても重要な徳目と見なされています。ただ、義は利することと定義するなど、その解釈は異なっています。
また、「行」については、名声を求めない墨家の行動主義をうかがわせるものであり、これを儒家たちは批判しました。

〔経〕景《かげ》（影）は移動しない。その理由は改めてつくられるからである。
〔説〕景。光が当たると影は消える。影があるということは、終古そこに止まることである。

〔経〕景《かげ》は徙《うつ》らず。説《せつ》は改為《かいい》に在《あ》り。

〔経〕景不レ徙。説在二改為一。（経下）

〔説〕景《かげ》。光至《ひかりいた》れば景亡《かげほろ》ぶ。若《も》し在《あ》れば、尽《じん》古息《ことどま》る。

〔説〕景。光至景亡。若在、尽古息。（経説下）

〔経〕景（影）は二つ（本影と副影が）ある。その理由は影が重なるからである。
〔説〕景。光体の上点と下点とを設定して言えば、物影の映像は二光が一影をはさんでいる。二光は光点から発する光であり、明光である。一影もまた光であり、暗光である。

〔経〕景《かげ》は二《に》。説《せつ》は重《かさ》なるに在《あ》り。

〔経〕景二。説在レ重。（経下）

〔説〕景《かげ》。二《に》光一光《こういつこう》を夾《はさ》む、一光《いっこう》は景《かげ》なり。

〔説〕景。二光夾二一光一、一光者景也。（経説下）

〔経〕景（影）が倒立するのは、光線が交差するところに点（小さな穴）があり、影の長さを映すからである。理由は点にある。

〔説〕景。光が射して人を照らすことは矢のようにまっすぐで、低い光が人を照らすには高く進み、高い光が人を照らすには低く進む。足は下光を蔽《おお》うのでその影は上に映る。頭は上光を蔽うのでその影は下に映る。物体の遠近につれて点によって光を映すので、影は内側でその位置が変わる。

〔経〕景《かげ》到《さかしま》なるは、午《ご》に在《あ》りて端有《たんあ》り、景《かげ》の長《なが》きを映《うつ》す。説《せつ》は端《たん》に在《あ》り。

〔経〕景到、在レ午有レ端、映二景長一。説在レ端。（経下）

〔説〕景《かげ》。光之《ひかりゆ》きて人《ひと》を照《てら》すこと射《い》るが若《ごと》く、

〔説〕景。光之照レ人若レ射、

下《ひく》き者人《ものひと》に之《ゆ》くや高《たか》く、高《たか》き者人《ものひと》に之《ゆ》くや下《ひく》し。足《あし》は下光《かこう》を蔽《おお》う、故《ゆえ》に景《かげ》を上《うえ》に成《な》す。首《くび》は上光《じょうこう》を蔽《おお》う、故《ゆえ》に景《かげ》を下《した》に成《な》す。遠近《えんきん》に在《あ》りて端《はし》有《あ》り光《ひかり》を映《うつ》す、故《ゆえ》に景《かげ》は内《うち》に戻《はか》る。

下者之レ人也高、高者之レ人也下。足蔽ニ下光一、故成ニ景於上一。首蔽ニ上光一、故成ニ景於下一。在ニ遠近一有レ端映ニ於光一、故景庚レ内。（経説下）

▽以上の三項目は、影の原理について書かれたものです。

一つ目は、物体が動いてもその影は旧影から新影へと絶えず更新されるものの、影そのものはもとのままの影であることを述べています。

二つ目は、光が直進することで、物の影に本影（影の本体で黒が濃い部分）と副影（本影の外側の黒が薄い部分）が生じることを説いています。

三つ目は、物の影が倒立する、ピンホールカメラの原理を説明しています。

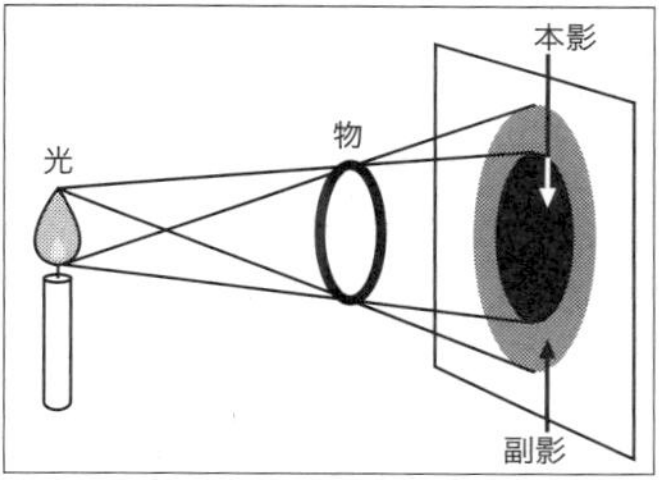

二つ目の図

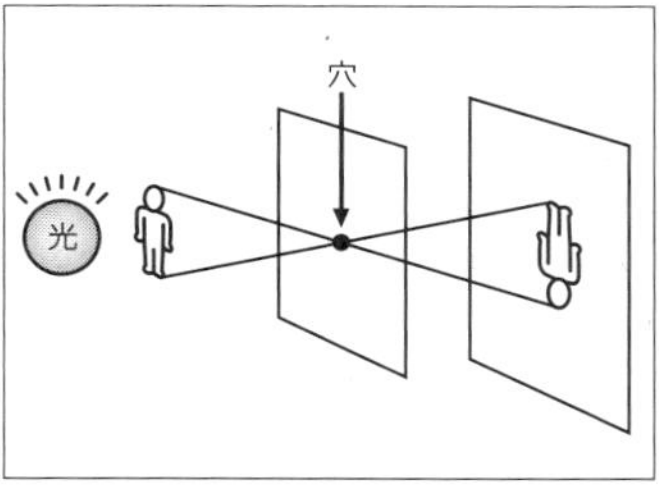

三つ目の図

良弓は張り難し

良い弓は張りにくいが、その矢は高く届き深く入ることができる。良い馬は乗りにくいが、重い荷を負い遠くに行くことができる。良才ある人は命令どおりに使いにくいが、その君主を立派にし尊厳を示すことができる。このようなわけで長江や黄河のような大川は、小さい谷川が流れ込むのをいやがらないから、あのように大きい。聖人は物事を断ることなく避けることがないから、天下に有用な器となる。このようなわけで長江や黄河の水は、ただ一筋の水源から流れ出た水ではない。千金の高価な皮衣は、ただ一匹の狐の白毛ではない。もともと士を取るのに志や行いを同じくする者を取らないことがあろうか、しかし、同じくする者のみでは、天下を兼ねる帝王の道ではない。このようなわけで天下はかがやかず、大水は澄まず、大火は光らず、王徳は高しとしない。ところが千人の君長となるような人物は、矢のようにまっすぐで、砥石のように平らかで、万物を覆う包容力はない。こうして狭い谷の水はすぐ枯れ、浅い流れはすぐに尽き、石ころの畑には作物が育たない。帝王の厚いめぐみが宮中を出なければ、国中に行き渡らない。

良弓《りようきゆう》は張《は》り難《がた》く、然《しか》れども以《もつ》て高《たか》きに及《およ》び深《ふか》きに入《い》るべし。良馬《りようば》は乗《の》り難《がた》く、然《しか》れども

良弓難レ張、然可二以及レ高入一レ深。良馬難レ乗、然可二以任レ

以《もっ》て重《おも》きに任《にん》じ遠《とお》きに致《いた》すべし。良才《りょうさい》は令《れい》し難《がた》く、然《しか》れども以《もっ》て君《きみ》を致《いた》し尊《たっと》きを見《しめ》すべし。是《こ》の故《ゆえ》に江河《こうが》は小谷《しょうこく》の己《おのれ》を満《み》たすを悪《にく》まず、故《ゆえ》に能《よ》く大《だい》なり。聖人《せいじん》は、事辞《ことじ》すること無《な》く、物違《ものたが》うこと無《な》し、故《ゆえ》に能《よ》く天下《てんか》の器《き》と為《な》る。是《こ》の故《ゆえ》に江河《こうが》の水《みず》は、一源《いちげん》の水《みず》に非《あら》ず。千鎰《せんいつ》の裘《きゅう》は、一狐《いっこ》の白《はく》に非《あら》ず。夫《そ》れ悪《いず》くんぞ同方《どうほう》取《と》らざる者有《ものあ》らんや、同《おな》じきを取《と》るのみなるは、蓋《けだ》し兼王《けんおう》の道《みち》に非《あら》ざるなり。是《こ》の故《ゆえ》に天《てん》地《ち》は昭昭《しょうしょう》たらず、大水《たいすい》は潦潦《りょうりょう》たらず、大火《たいか》は燎燎《りょうりょう》たらず、王徳《おうとく》は堯堯《ぎょうぎょう》たらず。乃《すなわ》ち千人《せんにん》の長《ちょう》の若《ごと》きは、其《そ》の直《なお》きこと矢《や》の如《ごと》く、其《そ》の平《たい》らかなること砥《と》の如《ごと》く、以《もっ》て万物《ばんぶつ》を覆《おお》うに

重致ㇾ遠。良才難ㇾ令、然可㆓以致ㇾ君見ㇾ尊。是故江河不ㇾ悪㆓小谷之満ㇾ己也、故能大。聖人者、事無ㇾ辞也、物無ㇾ違也、故能為㆓天下器㆒。是故江河之水、非㆓一源之水㆒也。千鎰之裘、非㆓一狐之白㆒也。夫悪有㆓同方不ㇾ取者㆒乎、取ㇾ同而已、蓋非㆓兼王之道㆒也。是故天地不㆓昭昭㆒、大水不㆓潦潦㆒、大火不㆓燎燎㆒、王徳不㆓堯堯㆒。若㆓乃千人之長㆒也、其直如ㇾ矢、其平如ㇾ砥、不ㇾ足㆔以覆㆓万

足《た》らず。是《こ》の故《ゆえ》に谿陜《たにせま》き者《もの》は速《すみ》やかに涸《か》れ、逝浅《ながれあさ》き者《もの》は速《すみ》やかに竭《つ》き、墝埆《こうかく》なる者《もの》は其《そ》の地《ち》育《いく》せず。王者《おうじゃ》の淳沢《じゅんたく》、宮中《きゅうちゅう》を出《い》でざれば、則《すなわ》ち国《くに》に流《なが》るること能《あた》わず。

物一。是故谿陜者速涸、逝浅者速竭、墝埆者其地不レ育。王者淳沢、不レ出二宮中一、則不レ能レ流レ国矣。（親士）

▽良い弓ほど反りが強くて弦を張るのが難しいように、良い馬ほど制御するのが難しいように、良才の人を命令通りに動かすのは難しいことですが、その分、君主を立派にし尊厳を外に示すことができます。だからこそ、天下を治めようとする国君は、良才の士を任用すべきと説きます。そして、王の徳が偉大であることを述べてゆくのです。親士篇は『墨子』の冒頭の篇で、他の思想が混入していると見なされている篇の一つではありますが、優れた人材は使うのが難しいが、うまく使うことができれば大きな成果をあげることができるという意味の故事成語「良弓は張り難し」は『墨子』の名言として知られています。

忠臣とは何か

魯陽《ろよう》の文君《ぶんくん》が子墨子に言われた、「忠臣とは何かについて私に説く人がいた。それによれば、下を向けと言えば下を向き、上を向けと言えば上を向き、何もないときには静かにしていて、呼べばはじめて答えるのだという。このような者を忠臣と言うことができるのか」と。子墨子は言われた、「下を向けと言えば下を向き、上を向けと言えば上を向くというのは、まるで影のようなものです。何もない時には静かにしていて、呼べばはじめて答えるというのは、まるでこだまのようなものです。あなたは影やこだまに何を期待しているというのですか。もし私が言うところの忠臣であれば、上司に過失があるときにはそれとなく諫め、自分の手柄を上司のものとし、それを声高に叫ばない。主君の悪を正して善に向かわせ、人々を君主に同調させ、下におもねることがない。これにより、美や善は上に集まり、怨みは部下に向かい、安楽は上にあって憂いは部下に集まる。これが私の言う忠臣です」と。

魯陽《ろよう》の文君《ぶんくん》子墨子《しぼくし》に謂《い》いて曰《いわ》く、「我《われ》に語《かた》るに忠臣《ちゅうしん》を以《もっ》てする者有《ものあ》り。之《これ》をして俯《ふ》さしむれば則《すなわ》ち俯《ふ》し、之《これ》をして仰《あお》がしむれば則《すなわ》ち仰《あお》ぎ、虚《きょ》なれば則《すなわ》ち静《せい》、呼《よ》べば則《すなわ》ち応《おう》ず。忠《ちゅう》臣《しん》と謂《い》うべきか」と。子墨子《しぼくし》曰《いわ》く、「之《これ》をして俯《ふ》さしむれば則《すなわ》ち俯《ふ》し、之《これ》をして仰《あお》がしむれば則《すなわ》ち仰《あお》ぐ、是《これ》れ景《かげ》に似《に》たり。虚《きょ》なれば則《すなわ》ち静《せい》、呼《よ》べば則《すなわ》ち応《おう》ず、是《これ》れ響《ひびき》に似《に》たり。君《きみ》将《まさ》に何《なに》をか景《けい》と響《ひびき》とに得《え》んとするや。若《も》し翟《てき》の所謂忠臣《いわゆるちゅうしん》なる者《もの》を以《もっ》てすれば、上《かみ》に過《あやま》ち有《あ》れば則《すなわ》ち之《これ》を微《うかが》いて以《もっ》て諫《いさ》め、己善有《おのれぜんあ》れば、則《すなわ》ち之《これ》を上《かみ》に訪《はか》り、而《しか》して敢《あえ》て以《もっ》て外《そと》に告《つ》ぐる無《な》し。其《そ》の邪《じゃ》を匡《ただ》して其《そ》の善《ぜん》を入《い》れ、同《どう》を

魯陽文君謂㆓子墨子㆒曰、「有㆘語㆑我以㆓忠臣㆒者㆖。令㆓之俯㆒則俯、令㆓之仰㆒則仰、虚則静、呼則応。可㆑謂㆓忠臣㆒乎。」子墨子曰、「令㆓之俯㆒則俯、令㆓之仰㆒則仰、是似㆑景也。虚則静、呼則応、是似㆑響也。君将㆔何得㆓於景与㆑響哉。若以㆓翟之所謂忠臣者㆒、上有㆑過則微㆑之以諫、己有㆑善、則訪㆓之上㆒、而無㆓敢以告㆑外。匡㆓其邪㆒而入㆓其善㆒、尚㆑同而無㆓下比㆒。是以美善在㆑上、而怨

尚《たっと》びて下比《かひな》無し。是《これ》を以《もっ》て美善《びぜん》上《かみ》に在《あ》りて、怨讐《えんしゅう》下《しも》に在《あ》り。安楽《あんらく》上《かみ》に在《あ》りて憂慼《ゆうせき》下《しも》に在《あ》り。此《こ》れ翟《てき》の所謂《いわゆる》忠臣《ちゅうしん》なる者《もの》なり」と。

讐在レ下。安楽在レ上而憂慼在レ下。此翟之所謂忠臣者也。」

（魯問）

▽魯問篇は、墨子の遊説での言説を中心とする問答からなります。この部分では、魯陽の文君と墨子とが、忠臣とは何かについて問答をしています。墨子によると、忠臣は、上司に過失があるときは諫め、主君の悪を正して善に向かわせるような人物だと述べます。また、他の篇では次のように述べています。

魯陽の文君と対面する墨子（墨子紀念館）

また〔儒者は〕言う、君子は鍾のようなものである。打てば鳴るが、打たなければ鳴らない、と。これに答えていう、仁人は上に事えては忠を尽くし、親に事えては孝に務め、善事があれば讃え、過失があれば諫める。これが人の臣たる道である。ところが今〔儒者は〕、打てば鳴り、撃たなければ鳴らず、己の智恵を隠し能力をあらわさず、落ち着き払った様子でこちらが問うのを待ってようやく答える。君や親の大利があっても、問わなければ言わない。もし大きな叛乱や盗賊が起ころうとして、あたかも機辟《きへき》（鳥獣を捕らえるしかけ）が今にも動こうとする勢いであったときに、他人はそれを知らず、自分だけが知っていて、君や親がそこにいても、問わなければ言わない。これは大いなる乱賊である。だから人の臣下となっては不忠であり、子となっては不孝であり、兄に事えては弟らしくなく、他人に対しては不貞である。〔また儒者は〕人の後に居り朝廷ではものを言わないが、物事の利得がはっきりすると、ひたすら人に後れまいとしてものを言う。ところが君侯がもしものを言っても自分に利がなければ、高く腕をこまぬいて見下し、口をつぐんでだまり、そして言う、私には少しもわかりません、と。たとえ緊急なことでも、遠くへ逃れてしまうのである。

又曰《またいわ》く、君子《くんし》は鍾《かね》の若《ごと》し。之《これ》を撃《う》てば則《すなわ》ち鳴《な》り、撃《う》たざれば鳴《な》らず、と。之《これ》に応《こた》えて曰《いわ》く、夫《そ》れ仁人《じんじん》は上《かみ》に事《つか》えて忠《ちゅう》を竭《つく》し、親《おや》に事《つか》えて孝《こう》に務《つと》め、善《ぜん》を得《う》れば則《すなわ》ち美《び》とし、過《あやまち》有《あ》れば則《すなわ》ち諫《いさ》む。此《こ》れ人臣為《じんしんた》るの道《みち》なり。今《いま》之《これ》を撃《う》てば則《すなわ》ち鳴《な》り、撃《う》たざれば鳴《な》らず、知《ち》を隠《かく》し力《ちから》を予《お》き、恬漠《てんばく》として問《と》うを待《ま》ちて後《のち》に対《こた》う。君親《くんしん》の大利《たいり》有《あ》りと雖《いえど》も、問《と》わざれば言《い》わず。若《も》し将《まさ》に大寇乱盗賊《だいこうらんとうぞく》の将《まさ》に作《おこ》らんとし、機辟《きへき》の将《まさ》に発《はつ》せんとするが若《ごと》きこと有《あ》ら

又曰、君子若レ鍾。撃レ之則鳴、弗レ撃不レ鳴。応レ之曰、夫仁人事レ上竭レ忠、事レ親務レ孝、得レ善則美、有レ過則諫。此為二人臣一之道也。今撃レ之則鳴、弗レ撃不レ鳴、隠レ知予レ力、恬漠待レ問而後対。雖レ有二君親之大利一、弗レ問不レ言。若将レ有三大寇乱盗賊将レ作、若二機辟将レ発也、他人不レ知、己

んとするとき、他人《たにん》は知《し》らず、己《おのれ》独《ひと》り之《これ》を知《し》り、其《そ》の君親《くんしん》皆《みな》在《あ》りと雖《いえど》も、問《と》わざれば言《い》わず。是《こ》れ夫《そ》れ大乱《たいらん》の賊《ぞく》なり。是《こ》を以《もっ》て人臣《じんしん》と為《な》りて忠《ちゅう》ならず、子《こ》と為《な》りて孝《こう》ならず、兄《あに》に事《つか》えて弟友《ていゆう》ならず、人《ひと》を遇《ぐう》すること貞良《ていりょう》ならず。夫《そ》れ後《あと》を執《と》りて之《これ》を朝《ちょう》に言《い》わず、物利《ものり》使《し》を見《あらわ》せば、己《おのれ》雖《ただ》後言《こうげん》を恐《おそ》る。君若《きみも》し言《い》いて未《いま》だ利有《りあ》らざれば、則《すなわ》ち高拱下視《こうきょうかし》し、会噎《かいえつ》して深《しん》を為《な》し、曰《いわ》く、唯其《ただそ》れ未《いま》だ之《これ》を学《まな》ばず、と。用《もっ》て急《きゅう》なりと誰《いえど》も、遺行遠《いこうとお》し。

独知レ之、雖二其君親皆在一、不レ問不レ言。是夫大乱之賊也。以レ是為二人臣一不レ忠、為レ子不レ孝、事レ兄不二弟友一、遇レ人不二貞良一。夫執レ後不レ言二之朝一、物見二利使一、己雖恐二後言一。君若言而未レ有レ利焉、則高拱下視、会噎為レ深、曰、唯其未二之学一也。用誰レ急、遺行遠矣。（非儒下）

▽非儒篇は、「儒を非《そし》る」、すなわち儒家批判を展開している篇です。儒家は「君子は鐘のようなもので、撃たれれば鳴り、撃たれなければ鳴らない」という態度ですが、墨家

はそれに対して厳しく批判します。上位者に仕えて忠を尽くし、親に仕えて孝を尽くすときに、善を讃え、過失があれば諫めるというのが人臣たる者の道だ、撃たれれば鳴り、撃たれなければ鳴らないというのは、余力を隠し、まごころを尽くしているとは言えない、と説いていきます。つまりここでは、儒家のきわめて消極的な態度を批判しているのです。これは墨家の「義」とも大きく関係しているといえるでしょう。

公輸盤との対話

公輸盤《こうしゆはん》が楚国のために雲梯を造って完成し、宋国を攻めようとした。子墨子がこれを聞いて魯国から出発し、着物を裂いて足をつつみ、日夜休むことなく、十日十夜歩いて郢《えい》（楚国の都）に到着し、公輸盤に会見した。公輸盤が言った、「先生は何事を私にお言いつけになるのでしょうか」と。子墨子が言われた、「北方に私を侮辱する者がおります、あなたの手をお借りしてこれを殺したいものです」と。公輸盤はよろこばなかった。子墨子が言われた、「いかがでしょう、千金を献上いたしましょう」と。公輸盤が言った、「私は義として人を殺すことを絶対にしません」と。子墨子がたちあがり、再拝して言われた、「私の意見を申し上げます、お聞きください。私は北方にあって、あなたが雲梯を造って宋を攻めようとされるのを聞きました。宋に何の罪があるのでしょうか。荊（楚国の別名）は土地が余るほどあって、人民は不足しています。不足している人民を殺して、有り余る土地を争うのは知とはいえません。宋に罪がないのに攻めるのは、仁とはいえません。不知不仁がわかっていながら諫めないのは、忠とはいえません。諫めて聞き入れられないのは、強とはいえません。義として人を殺さないとしながら、少人数は殺さないが多人数は殺すのは、類がわかっているとはいえません」と。公輸盤は承服した。子墨子が言われた、「それならばなぜ中止しないのですか」と。公輸盤が言った、「できません。私はすでに宋を攻めることを王に言ったのです」と。公子墨子が言われた、「どうぞ私を王に引見させてください」と。公輸盤は言った、「承知しました」と。

公輸盤《こうしゆはん》楚《そ》の為《ため》に雲梯《うんてい》の械《かい》を造《つく》りて成《な》り、将《まさ》に以《もつ》て宋《そう》を攻《せ》めんとす。子墨子《しぼくし》之《これ》を聞《き》き、魯《ろ》自《よ》り往《ゆ》き、裳《しよう》を裂《さ》きて足《あし》を裹《つつ》み、日夜《にちや》休《やす》まず、行《ゆ》くこと十日十夜《じゆうにちじゆうや》にして郢《えい》に至《いた》り、公輸盤《こうしゆはん》を見《み》る。公輸盤《こうしゆはん》曰《いわ》く、「夫子《ふうし》何《なに》をか命《めい》ずることを為《な》す」と。子墨子《しぼくし》曰《いわ》く、「北方《ほつぽう》に臣《しん》を侮《あなど》る者《もの》有《あ》り、願《ねが》わくは子《し》に藉《か》りて之《これ》を殺《ころ》さん」と。公輸盤《こうしゆはん》説《よろこ》ばず。子墨子《しぼくし》曰《いわ》く、「請《こ》う千金《せんきん》を献《けん》ぜん」と。公輸盤《こうしゆはん》曰《いわ》く、「吾《われ》義《ぎ》固《もと》より人《ひと》を殺《ころ》さず」と。子墨子《しぼくし》起《た》ち、再拝《さいはい》して曰《いわ》く、「請《こ》う之《これ》を説《と》かん。吾《われ》北方《ほつぽう》従《よ》り子《し》が梯《てい》を為《つく》りて、将《まさ》に以《もつ》て宋《そう》を攻《せ》めんとすを聞《き》く。宋《そう》何《なん》の罪《つみ》か之《こ》れ有《あ》る。荊国《けいこく》地《ち》に余《あま》り有《あ》りて民《たみ》に足《た》らず、

公輸盤為㆑楚造㆓雲梯之械㆒成、将㆓以攻㆒㆑宋。子墨子聞㆑之、自㆑魯往、裂㆑裳裹㆑足、日夜不㆑休、行十日十夜而至㆓於郢㆒、見㆓公輸盤㆒。公輸盤曰、「夫子何命焉為。」子墨子曰、「北方有㆓侮㆑臣者㆒、願藉㆑子殺㆑之。」公輸盤不㆑説。子墨子曰、「請献㆓千金㆒。」公輸盤曰、「吾義固不㆑殺㆑人。」子墨子起、再拝曰、「請説㆑之。吾従㆓北方㆒聞㆔子為㆑梯、将㆓以攻㆒㆑宋。宋何罪之有。荊国有㆑余㆓於地㆒

足《た》らざる所《ところ》を殺《ころ》して余《あま》り有《あ》る所《ところ》を争《あらそ》う、智《ち》と謂《い》うべからず。宋罪無《そうつみな》くして之《これ》を攻《せ》む、仁《じん》と謂《い》うべからず。知《し》りて争《あらそ》わず、忠《ちゅう》と謂《い》うべからず。争《あらそ》いて得《え》ず、強《きょう》と謂《い》うべからず。義《ぎ》少《すくな》きを殺《ころ》さずして衆《おお》きを殺《ころ》す、類《るい》を知《し》ると謂《い》うべからず」と。公輸盤服《こうしゅはんふく》す。子墨子《しぼくし》曰《いわ》く、「然《しか》らば胡《なん》ぞ已《や》めざるか」と。公輸盤《こうしゅはん》曰《いわ》く、「不可《ふか》なり。吾既《われすで》に之《これ》を王《おう》に言《い》う」と。子《し》墨子《ぼくし》曰《いわ》く、「胡《なん》ぞ我《われ》を王《おう》に見《まみ》えしめざる」と。公輸盤《こうしゅはんいわ》曰く、「諾《だく》」と。

而不レ足ニ於民一、殺レ所レ不レ足而争レ所レ有レ余、不レ可レ謂レ智。宋無レ罪而攻レ之、不レ可レ謂レ仁。知而不レ争、不レ可レ謂レ忠。争而不レ得、不レ可レ謂レ強。義不レ殺レ少而殺レ衆、不レ可レ謂レ知レ類。」公輸盤服。子墨子曰、「然胡不レ已乎。」公輸盤曰、「不可。吾既已言ニ之王一矣。」子墨子曰、「胡不レ見ニ我於王一。」公輸盤曰、「諾。」（公輸）

▽公輸篇は、墨子が非攻を実行して宋国を侵略から守ったことが記されており、墨子の

自伝的性質をもつ一篇だとされています。ここでは、公輸盤が雲梯を造り、宋国を攻めようとしていることを墨子が聞き、それを止めるために公輸盤との会見に及んでいます。公輸盤は公輸子とも魯般《ろはん》とも称される人物で、魯の優れた工匠でした。雲梯（四四頁参照）を考案し、後世、工匠たちの祭神にもなりました。この後、墨子は楚王に対して宋を侵略すべきではないと説いていきます。そして、墨子は王の前で公輸盤と模擬戦を行い、九回公輸盤の攻撃を退けて、宋侵略を中止させます。「故郷」や『阿Q正伝』などで有名な魯迅《ろじん》の小説「戦争をやめさせる話」（原題「非攻」）は、この話を題材にしています（『故事新編』収録）。

義を為すは毀を避け誉に就くに非ず

子墨子は、管黔敖《かんけんごう》を仲立ちにして高石子《こうせきし》を衛国に仕官させた。衛の君主は俸禄を贈ることが手厚く、高石子を卿の地位につけた。高石子は三度朝廷にまかり出て、その都度言葉をつくして進言したが、採用されなかった。衛国を去って斉国に行き、子墨子に会見して言った、「衛の君は先生の縁故で俸禄を贈ることが手厚く、私を卿の地位につけました。私は三度朝廷にまかり出て、その都度言葉をつくして進言しましたが、採用されませんでした。そこで衛国を去りました。衛の君は私を狂者扱いにしてはいないでしょうか」と。子墨子が言われた、「去って道理にかなうならば、狂者扱いにされても気に病むことはない。むかし周公旦は関叔（管叔。周公旦の兄）にそしられて、三公の地位をやめて東方の商奄に移り住んだ。人はみな周公を狂気の沙汰だと言ったが、後世にはその徳をたたえ、その名をほめて、今に至るまで止まない。また自分はこのように聞いている、義を実践するのは、非難を避けて名誉を求めるためではない、と。去って道理にかなうならば、狂者扱いにされても気に病むことはない」と。高石子が言った、「私が衛国を去ったのは、どうして道理にそむいておりましょうか。むかし先生は言われました、『天下に道理が行われないならば、仁愛の人は厚禄の地位に居らない』と。今、衛の君は道理を失っております、それなのにその俸禄や地位をむさぼるならば、それは人の糧食を無駄食いするものです」と。子墨子はよろこび、子禽子《しきんし》を召しよせて言われた、「しばらく聞きなさい。義にそむいて禄を求める者は、かつて聞いたことがある。禄にそむいて義を求める者は、高石子にそれを見たのだ」と。

子墨子《しぼくし》管黔敖《かんけんごう》をして高石子《こうせきし》を衛《えい》に游《あそ》ばしむ。衛君《えいくん》禄《ろく》を致《いた》すこと甚《はなは》だ厚《あつ》く、之《これ》を卿《けい》に設《つ》く。高石子《こうせきし》三《み》たび朝《ちょう》し必《かなら》ず言《げん》を尽《つく》すも、言行《げんおこな》わるる者《もの》無《な》し。去《さ》りて斉《せい》に之《ゆ》き、子墨子《しぼくし》に見《まみ》えて曰《いわ》く、「衛君夫子《えいくんふうし》の故《ゆえ》を以《もっ》て、禄《ろく》を致《いた》すこと甚《はなは》だ厚《あつ》く、我《われ》に卿《けい》を設《つ》く。石三《せきみ》たび朝《ちょう》して必《かなら》ず言《げん》を尽《つく》すも、言行《げんおこな》わるる者《もの》無《な》し、是《ここ》を以《もっ》て之《これ》を去《さ》る。衛君乃《えいくんすなわ》ち石《せき》を以《もっ》て狂《きょう》と為《な》すこと無《な》からんか」と。子墨子《しぼくし》曰《いわ》く、「之《これ》を去《さ》るに苟《いやし》くも道《みち》あらば、狂《きょう》を受《う》くるも何《なん》ぞ傷《いた》まん。

子墨子使㆔管黔敖游㆓高石子於衛㆒。衛君致㆑禄甚厚、設㆓之於卿㆒。高石子三朝必尽㆑言、而言無㆓行者㆒。去而之㆑斉、見㆓子墨子㆒曰、「衛君以㆓夫子之故㆒、致㆑禄甚厚、設㆓我於卿㆒。石三朝必尽㆑言、而言無㆓行者㆒、是以去㆑之也。衛君無㆓乃以㆑石為㆑狂乎。」子墨子曰、「去㆑之苟道、受㆑狂何傷。古

古者《いにしえ》周公旦《しゅうこうたん》関叔《かんしゅく》に非《そし》られ、三公《さんこう》を辞《じ》して、東《ひがし》のかた商奄《しょうえん》に処《お》る。人皆之《ひとみなこれ》を狂《きょう》と謂《い》うも、後世其《こうせいそ》の徳《とく》を称《しょう》し、其《そ》の名《な》を揚《あ》げ、今《いま》に至《いた》るまで息《や》まず。且《か》つ翟之《てきこれ》を聞《き》く、義《ぎ》を為《な》すは毀《そしり》を避《さ》け誉《ほまれ》に就《つ》くに非《あら》ず、と。之《これ》を去《さ》るに苟《いやし》くも道《みち》あらば、狂《きょう》を受《う》くるも何《なん》ぞ傷《いた》まん」と。高石子《こうせきし》曰《いわ》く、「石之《せきこれ》を去《さ》る、焉《いずく》んぞ敢《あえ》て道《みち》あらざらんや。昔者夫子《むかしふうし》言有《げんあ》りて曰《いわ》く、『天下《てんか》道無《みちな》し、仁士《じんし》は厚《あつ》きに処《お》らず』と。今衛君道《いまえいくんみち》無《な》く、而《しか》るに其《そ》の禄爵《ろくしゃく》を貪《むさぼ》らば、則《すなわ》ち是《こ》れ我《われ》苟《いやし》くも人《ひと》の食《しょく》を啗《くら》うと為《な》すなり」と。子墨子《しぼくし》説《よろこ》びて、子禽子《しきんし》を召《め》して曰《いわ》く、「姑《しばら》く此《これ》を聴《き》け。夫《そ》れ義《ぎ》に倍《そむ》きて禄《ろく》に郷《むか》う者《もの》は、我常《われかつ》て之《これ》

者周公旦非二関叔一、辞二三公一、東処二於商奄一。人皆謂二之狂一、後世称二其徳一、揚二其名一、至レ今不レ息。且翟聞レ之、為レ義非二避レ毀就レ誉。去レ之苟道、受レ狂何傷。」高石子曰、「石去レ之、焉敢不レ道也。昔者夫子有レ言曰、『天下無レ道、仁士不レ処レ厚焉。』今衛君無レ道、而貪二其禄爵一、則是我為三苟啗二人食一也。」子墨子説、而召二子禽子一曰、「姑聴レ此乎。夫倍レ義而郷レ禄者、我常聞レ之

を聞《き》けり。禄《ろく》に倍《そむ》きて義《ぎ》に卿《むか》う者《もの》は、高石子《こうせきし》に於《お》いて之《これ》を見《み》たり」と。

矣。倍レ禄而卿レ義者、於ニ高石子一焉見レ之也。」（耕柱）

▽耕柱篇の「義を為すは毀を避け誉に就くに非ず」という言葉、近年日本で注目されたことがあります。二〇〇四年、当時の小泉純一郎首相が自衛隊派遣に関する国会論争において、この言葉を引用し、自説を主張しました。

万事義より貴きは莫し

子墨子が言われた、何事も義より貴《たつと》いものはない。いま人に、あなたに帽子と履物とを与えて、そのかわりにあなたの手足を切ろう、あなたはそれを許すか、と言ったとしたら、必ず許さないだろう。なぜだろうか。それは帽子と履物は手足の貴いことに及ばないからである。また、あなたに天下を与えて、そのかわりにあなたの身を殺そう、あなたはそれを許すか、と言ったとしたら、必ず許さないだろう。なぜだろうか。それは天下は身の貴いことに及ばないからである。一言の是非を争って殺し合うのは、義が身より貴いからである。だから、何事も義より貴いものはないと言うのである、と。

子墨子《しぼくし》曰《いわ》く、万事《ばんじ》義《ぎ》より貴《たっと》きは莫《な》し。今人《いまひと》に謂《い》いて、子《し》に冠履《かんり》を予《あた》えて、子《し》の手足《しゅそく》を断《た》たん、子《し》之《これ》を為《な》さんかと曰《い》わんに、必《かなら》ず為《な》さざらん。何《なん》の故《ゆえ》ぞ。則《すなわ》ち冠履《かんり》は手足《しゅそく》の貴《たっと》きに若《し》かざるなり。又《また》、子《し》に天下《てんか》を予《あた》えて、子《し》の身《み》を殺《ころ》さん、子《し》之《これ》を為《な》さんかと曰《い》わんに、必《かなら》ず為《な》さざらん。何《なん》の故《ゆえ》ぞ。則《すなわ》ち天下《てんか》は身《み》の貴《たっと》きに若《し》かざるなり。一言《いちげん》を争《あらそ》いて以《もっ》て相殺《あいころ》すは、是《こ》れ義《ぎ》其《そ》の身《み》より貴《たっと》ければなり。故《ゆえ》に曰《いわ》く、

子墨子曰、万事莫レ貴ニ於義一。今謂レ人曰下、予ニ子冠履一、而断ニ子之手足一、子為レ之乎上、必不レ為。何故。則冠履不レ若ニ手足之貴一也。又曰下、予ニ子天下一、而殺ニ子之身一、子為レ之乎上、必不レ為。何故。則天下不レ若ニ身之貴一也。争ニ一言一以相殺、是義貴ニ於其身一也。故曰、万

一　万事《ばんじ》義《ぎ》より貴《たっと》きは莫《な》し、と。

事莫レ貴二於義一也。（貴義）

▽篇名にもなっている「貴義」は、「義を貴ぶ」という意味。墨家において義は、命よりも貴いものでした。墨子にとって「義」がいかに重要なものであったかがうかがえます。それが結果的に、墨家集団の命運を左右してしまうのでした（一五八頁参照）。

■コラム3　墨家の終焉

儒家と勢力を二分するほどだった墨家集団は、秦漢帝国の成立とともに、忽然とこの世から消えうせることとなります。その理由は諸説ありますが、強固な組織性と「義」の精神が関係しているのではないかと考えられています。その具体例を見てみましょう。

上位者と言い争いになっても、その不正をただすことを「諫諍」と言います。儒家の場合、三度諫《いさ》めて聞き入れられなければ臣下の方が身を退《ひ》くのが礼とされています。一方、墨家は一度諫めた以上はそれを貫徹し、聞き入れられなければ自ら死を選ぶという、過激な発想がありました。墨子の死後には、こんなエピソードが残っています。

墨家集団の鉅子《きょし》（リーダー）の孟勝《もうしょう》は、楚《そ》の陽城君《ようじょうくん》と親しかった。陽城君は孟勝に所領を守らせるにあたって、璜《こう》（璧を半分にした形の玉の一種）を二分して割り符とし、「割り符が合ったならば、その命令を聞け」という約束を交わした。楚王（悼王《とうおう》、前四〇一～前三八一年在位）が薨ずると、臣下たちは〔楚の宰相であったが、臣下たちから反感を買っていた〕呉起《ごき》を攻め、楚王の喪所に兵を進めた。陽城君もこの事件に関与しており、楚の糾弾を受けた。そこで陽城君が逃亡すると、楚はその所領を没収した。この時に守備に当たっていた孟勝は、「人の国の防御を請け負い、そのために交わした割符もある。今、〔契約した相手の〕割り符を見たわけでもない〔のに城を明け渡してしまった〕。力で敵の侵入を防ぐことができず、死ぬこともできずにいる、到底許されないことだ」と言った。その弟子の徐弱《じょじゃく》は孟勝を諫めて、「もしここで死んで陽城君のためになるのなら、ここで死ぬのもよいでしょう。しかし、何の利益もなく、しかも墨者をこの世から絶えさせてしまうのはいけません」と言った。しかし、孟勝は、「いや、それは違う。陽城君にとって私は、師でなければ友であり、友でなければ臣である。ここで死ななければ、今後、厳しい師を求めるものは、必ず墨者には求めないであろう。賢友を求めるのも、必ず墨者に求めないであろう。良臣を求めるのも、必ず墨者に求めないであろう。ここで死ぬのは、墨者の正義を行い、その活動を継続させる方法なのである。私は鉅子の位を宋《そう》の田襄子《でんじょうし》に譲り渡そうと思う。田襄子は賢者である。どうして墨者が世に絶えることを心配する必要があるだろうか」と言った。徐弱は、「先生のお言葉通りならば、まず私が死に、先生の死への道筋を浄めたいと存じます」といい、ただちに自らの頭を刎ねて孟勝に先立った。そこで孟勝は二人の弟子を田襄子のもとに送り、鉅子の位を譲ることを伝えさせた。孟勝は死に、その弟子でともに死んだ者は百八十人に及んだ。二人の弟子は孟勝の命《めい》を田襄子に伝え、戻って孟勝とともに楚で死のうとした。田襄子はこれを止め、「孟先生はすでに鉅子の位を私に与えたのだ。これからは私の命に従いなさい」と言ったが、彼らはそのまま戻って孟勝の後を追った。（『呂氏春秋』離俗覧・上徳）

リーダーの孟勝が陽城君に対する契約を履行できなかったとして集団自決したこの事件、これは墨者のあり方を端的に示しています。墨家の急速な衰亡には、このような墨家の基本的体質が関わっていたと考えられます。

『墨子』に関わる新資料

むかし聖王は必ず鬼神は存在するものだとして、その鬼神のために手厚く務めた。しかも後世の子孫がわからなくなるのを恐れたために、それを竹簡や帛書《はくしょ》に書き記し、後世の子孫に伝え残した。また、〔その竹簡・帛書が〕腐ったり虫がくっついたりして絶滅し、後世の子孫がわからなくなる（入手しても読めなくなっている）ことを恐れたために、それを盤や盂《う》の器に彫りつけ、金石に刻んで、念入りにした。さらに、後世の子孫が慎み恐れて〔鬼神に仕えることをせず〕その幸いを受けることができなくなることを恐れた。そこで先王の書や、聖人の言は、一尺の布きれ、一篇の書物にも、鬼神の存在をくりかえし説き、念のうえにも念を入れている。これはなんのためであろうか。つまり聖王がそれだけ熱心に務めたからである。いま無鬼を主張する者は「鬼神というものは、もともと存在しない」と言っているが、これは聖王の務めに反するものである。聖王の務めに反すれば、君子（りっぱな人間）であるという道にそむくものである。

古者聖王必《いにしえせいおうかなら》ず鬼神《きしん》を以《もっ》て其《そ》の務《つとめ》と為《な》し、其《そ》の鬼神《きしん》に務《つと》むること厚《あつ》し。又後世《またこうせい》の子《し》孫知《そんし》る能《あた》わざるを恐《おそ》る。故《ゆえ》に之《これ》を竹帛《ちくはく》に書《しょ》し、後世《こうせい》の子孫《しそん》に伝遺《でんい》す。或《ある》いは其《そ》の腐《ふ》蠹絶滅《とぜつめつ》し、後世《こうせい》の子孫得《しそんえ》て記《しる》さざるを恐《おそ》る。故《ゆえ》に之《これ》を盤盂《ばんう》に琢《たく》し、之《これ》を金石《きんせき》に鏤《る》し、以《もっ》て之《これ》を重《かさ》ぬ。又後世《またこうせい》の子孫敬著《しそんけいくん》して以《もっ》て羊《しょう》を取《と》る能《あた》わざるを恐《おそ》る。故《ゆえ》に先王《せんおう》の書《しょ》、聖人《せいじん》の言《げん》は、一尺《いっせき》の帛《はく》、一篇《いっぺん》の書《しょ》も、語《かた》りて鬼神《きしん》の有《ゆう》を数《かぞ》え、重《かさ》ねて有之《またこれ》を重《かさ》ぬ。此《こ》れ其《そ》の故《ゆえ》は何《なん》ぞや。則《すなわ》ち聖王之《せいおうこれ》を務《つと》むればなり。今無鬼《いまむき》を執《と》る者曰《ものいわ》く、「鬼神《きしん》なる者《もの》、固《もと》より有《あ》る無《な》し」と。則《すなわ》ち此《こ》れ聖王《せいおう》の務《つとめ》に反《はん》す。聖王《せいおう》の務《つとめ》に反《はん》すれば、則《すなわ》ち君子《くんし》為《た》る所以《ゆえん》の道《みち》に非《あら》ざるなり。

古者聖王必以㆓鬼神㆒為㆓其務㆒、其務㆓鬼神㆒厚矣。又恐㆓後世子孫不㆑能㆑知也。故書㆓之竹帛㆒、伝㆓遺後世子孫㆒。或恐㆔其腐蠹絶滅、後世子孫不㆓得而記㆒。故琢㆓之盤盂㆒、鏤㆓之金石㆒、以重㆑之。又恐㆓後世子孫不㆑能㆓敬著以取㆒㆑羊。故先王之書、聖人之言、一尺之帛、一篇之書、語数㆓鬼神之有㆒也、重有重㆑之。此其故何。則聖王務㆑之。今執㆓無鬼㆒者曰、「鬼神者、固無㆑有。」則此反㆓聖王之務㆒。反㆓聖王之務㆒、則非㆘所㆔以為㆓君子㆒之道㆖也。（『墨子』明鬼下）

この箇所は、鬼神の存在を肯定する『墨子』明鬼篇（下）の最初の文章です。ここでは、鬼神の存在が後世の子孫にしっかりと伝わらないことを恐れたために、竹の札である竹簡、絹の布である帛書、盤や盂といった青銅器の器、金石などに書き込んだことを述べています。これらはいずれも紙が誕生する以前の書写素材です。紙が普及するまで最も一般的な書写素材でした。

二〇世紀後半以降、中国各地で中国古代思想史の空白を埋める竹簡資料が相次いで発見されています。特に劇的な事態をもたらしたのは、一九九三～一九九四年に発見された郭店《かくてん》楚《そ》墓《ぼ》竹簡《ちっかん》（郭店《かくてん》楚《そ》簡《かん》）・上海《しゃんはい》博物館《はくぶつかん》蔵《ぞう》戦国《せんごく》楚竹書（上博《しゃんはく》楚《そ》簡《かん》）、および二〇〇八年に発見された清華《せいか》大学《だいがく》蔵《ぞう》戦国《せんごく》竹簡《ちっかん》（清華《せいか》簡《かん》）などのいわゆる「戦国竹簡」です。これらは戦国時代中期に書写された竹簡で、秦の始皇帝が文字を統一する前に書かれた文献であることから、古文字学者をはじめとする多分野の研究者が解読を進めています。これらの中には、伝世文献と密接に関わる文献がある一方、これまで世に知られていなかった文献も含まれており、世界各国で盛んに研究されています。

では、その中に墨子に関連する新資料はあるのでしょうか。実は儒家の孔子や道家の老子らに関わる重要な竹簡は多く見つかっているのですが、墨子に関わるものは非常に少ないのが現状です。

その中で注目されるのが、上博楚簡『鬼《き》神《しん》之《し》明《めい》』です。上博楚簡とは、一九九四年に上海博物館が香港の骨董市場で購入した竹簡群で、総数は一二〇〇枚あまり、総文字数は三五〇〇〇字とされています。盗掘によって持ち出された竹簡であるため、出土時期と出土地は不明ですが、竹簡の内容と科学的な測定の結果、戦国時代中期の楚（南方の長江流域の地方）の竹簡であるとされています。内容は非常に豊富で、経書（儒家の経典）や歴史書、諸子百家に関わる文献、春秋時代の各国の故事などがあり、現在も公開が進んでいます。

『鬼神之明』という文献名は、竹簡の整理にあたった研究者が内容に基づいて名付けた仮称です。竹簡は全五簡で、その第五簡には「墨節」と呼ばれる太い横線が引かれて

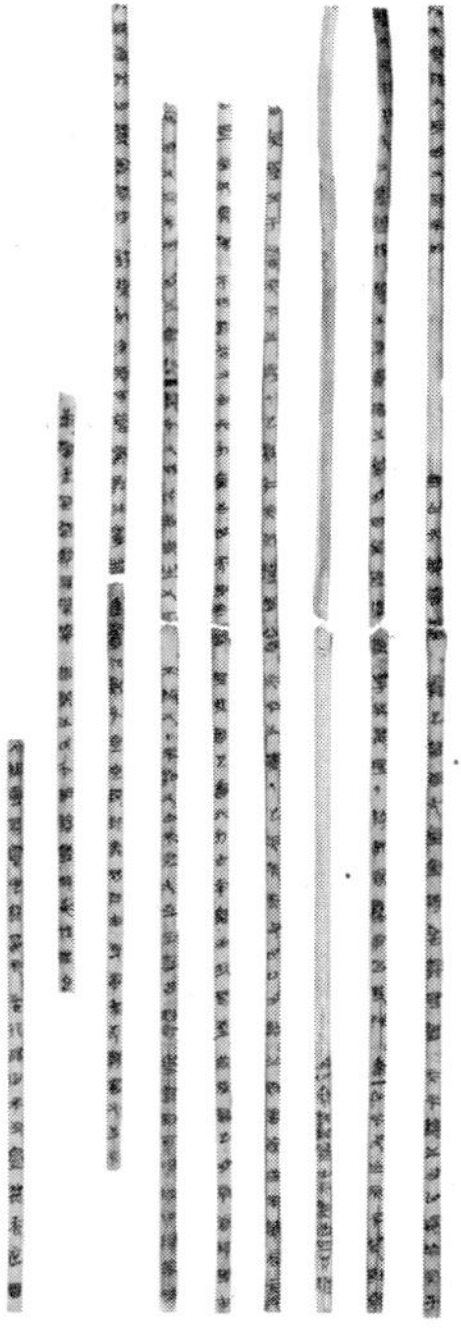

『鬼神之明』『融師有成氏』

おり、それ以下は『融師《ゆうし》有成氏《ゆうせいし》』（上古の伝説上の人物の故事や夏・商の歴史に関わる内容、竹簡に篇名あり）という別の文献が書写されています。

←墨節

竹簡の長さは、約五十二センチメートル。現存文字数は百九十七字。前頁の竹簡の写真をよく見ると、第一簡には空白が見えます。これは、誤って書かれた部分を削除するために、竹簡の表面を削り取ったことを示しています。また、第二簡には墨節が見られ、その竹簡の背面には十三字の文字が書かれています（前頁写真の右から二つ目が、第二簡の背面）。これは、墨節の部分に書き漏らしがあり、それを補うために背面に書写したものです。竹簡という素材の性質を知る上でも興味深い文献であるといえるでしょう。

←墨節

←背面の十三字

さて、この『鬼神之明』は、『墨子』の一部ではないかと言われています。この文献は、「今夫《いまそ》れ鬼神《きしん》に明《めい》なる所有《ところあ》り不明《ふめい》なる所有《ところあ》りとするは、則《すなわ》ち其《そ》の善《ぜん》を賞《しょう》し暴《ぼう》を罰《ばつ》するを以《もつ》てなり（今夫鬼神有所明有所不明、則以其賞善罰暴也）」という一文から始まります。では、その全体の内容を見てみましょう。

今　夫　鬼　神　又(有)所　明　又(有)所　不　明

そもそも鬼神に明なる場合と不明なる場合があると考えた理由は、鬼神が善を賞して暴を罰するとされているからである。むかし堯・舜・禹・湯は、仁義聖智であって、天下中の人々が規範と仰いだ。そこで彼らは天子の地位につき、天下全体を所有し、長年にわたって名誉を保ち続け、後世までその偉大さが語り継がれている。これらの事例から、鬼神が善を賞することは明白である。桀・紂・幽・厲は、聖人を殺し、諫める者を殺し、人民を残虐に扱い、国家を混乱に陥れた。そのため桀は鬲山で胴体を真っ二つに切られ、紂は岐社に首を曝され、天寿を全うできずに天下中の笑い者となった。これらの事例から、鬼神が暴を罰することは明白である。ところが伍子胥に至ると、天下の聖人であったにもかかわらず、革袋に入れられて川に流されるという最期を迎えた。栄夷公は天下の乱人であったにもかかわらず、長寿を保って死んだ。あなたがこうした実例を挙げて私に問うのであれば、善人も鬼神に賞せられない場合があり、暴人も鬼神に罰せられない場合があることは、私も賛同する。鬼神が不明だった場合は、必ずその原因があったはずである。力としてはできたのだが、あえて行わなかったのか。私にはわからない。それとも鬼神の力も、もともとそこまではできなかったのか。私にはわからない。過去の歴史的事例は鬼神が善を賞し暴を罰する方向と、鬼神が善を賞せず暴を罰しない方向とに分岐している。私が鬼神には明なる場合と不明なる場合があると述べたのは、こうした理由からなのである。

堯《ぎょう》・舜《しゅん》・禹《う》・湯《とう》という聖王と桀《けつ》・紂《ちゅう》・幽《ゆう》・厲《れい》という愚王との対比、天子の地位の獲得と後世に至る名声の獲得を上天や鬼神の賞とする点、宗廟・社稜の断絶と末代までの汚名を上天や鬼神の罰とする点は、『墨子』との共通性がうかがえます。また、鬼神が明か不明かという議論を展開している点も、墨家の文献だと判断できる一つでしょう。

また、この資料が発見されるよりも前に、『墨子』の一部ではないかと見られる竹簡資料が発見されていました。「長台関楚簡《ちょうだいかんそかん》」と呼ばれるその竹簡は、一九五七年に河南省文化局文物工作隊が河南省信陽長台関一号墓を発掘したときに出土したもので、「信《しん》陽楚簡《ようそかん》」の名でも知られています。戦国時代中期の楚の墓で、墓主の身分はおそらく大夫であると見られています。この竹簡は内容はいわゆる古典籍に属するのですが、全体的に竹簡の欠損が甚だしく非常に難解となっています。ただ、竹簡に書かれた文章の中には、対話の中の用語として「周公」「君子」等の語が見られ、儒家の著作あるいは『墨子』の佚文ではないかと見られています。一九七二年に山東省臨沂県《さんとうしょうりんぎけん》で発見された「銀雀山漢墓竹簡《ぎんじゃくざんかんぼちっかん》」という漢代の竹簡資料の中にも、『墨子』の備城門篇や号令篇などに類似する文献が含まれていました。

さらに、二〇一五年には安徽《あんき》大学が戦国時代の竹簡群を入手しました。その中には『詩経』、楚史、諸子類などの貴重な文献が含まれているため、注目を集めています。初期の発表によると、諸子類の竹簡は、そのほとんどが儒家の著作と見られているものの、『墨子』との関連がうかがえる文献もあるそうです。その文献の内容は、中徒狄《しんとてき》が周公にまみえる話と、中徒狄と周公との対話で、長台関楚簡と類似する文章が見られるとのことです。長台関楚簡が発見された際、この竹簡の性質は儒家なのか墨家なのかという論争が起こったのですが、安徽大学の竹簡は長台関楚簡よりも保存状態が良いそうで、正式に公開されれば、この問題についてさらに検討が進むでしょう。

新出土文献は、今現在も、さまざまな地域で発見されており、『墨子』に関する竹簡もこれから続々と見つかるのではないかと予想されます。

（参考：浅野裕一「上博楚簡『鬼神之明』と『墨子』明鬼論」、湯浅邦弘編『上博楚簡研究』、汲古書院、二〇〇七年）

■読書案内

◆全訳書

・藪内清『墨子』（平凡社・東洋文庫、一九九六年）
・山田琢『墨子』（明治書院・新釈漢文大系、上：一九七五年、下：一九八七年）
・渡辺卓『墨子』（集英社・全釈漢文大系、上：一九七四年、下：一九七七年）

◆抄訳書

・金谷治『墨子』（中央公論新社・中公クラシックス、二〇一八年。一九七八年出版『世界の名著一〇　諸子百家　墨子』の再版）
・森三樹三郎『墨子』（筑摩書房・ちくま学芸文庫、二〇一二年。一九六五年出版『世界古典文学全集一九　諸子百家』の『墨子』部分の再版）
・山田琢『墨子』（新書漢文大系三三、明治書院、二〇〇七年）
・浅野裕一『墨子』（講談社学術文庫、一九九八年）

・島森哲男・浅野裕一『孟子・墨子』（角川書店・鑑賞中国の古典、一九八九年）
・本田済『墨子』（講談社・人類の知的遺産、一九七八年）
・高田淳『墨子』（明徳出版社・中国古典新書、一九六七年）
・和田武司『墨子』（経営思潮研究会・中国の思想、一九六四年。のち、徳間書店より再版）
・柿村峻・藪内清『韓非子・墨子』（平凡社・中国古典文学大系、一九六八年）

◆解説書・研究書その他

・幸田露伴『墨子』（オンデマンド（ペーパーバック）、ゴマブックス、二〇一六年）
・バートン・ワトソン著、美山弘樹訳『墨子――ワトソン博士の中国古典教室』（七草書房、二〇一五年）
・湯浅邦弘『諸子百家――儒家・墨家・道家・法家・兵家』（中央公論新社・中公新書、二〇〇九年）
・吉永慎二郎『戦国思想史研究――儒家と墨家の思想史的交渉』（朋友書店、二〇〇四年）
・M・L・チタレンコ著、飯塚利男訳『古代哲学者墨子――その学派と教義』（MBC

21、東京経済、一九九七年）
・駒田信二『墨子を読む』（勁草書房、一九八二年）
・孫詒讓撰、戸崎允明考、小柳司気太校訂『墨子間詁』（増補版・普及版、冨山房・漢文大系、一九七五年）
・渡邊卓『古代中国思想の研究』（創文社、一九七三年）
・内野熊一郎『墨子』（日本評論社・東洋思想叢書、一九四二年）
・塚本哲三編『墨子』（漢文叢書、有朋堂書店・有朋堂文庫、一九二二年）
・任継愈編『墨子大全』（北京図書館出版社、二〇〇二年）

は

ま

や

ら

◈ 索引 ◈

ビギナーズ・クラシックス 中国《ちゅうごく》の古典《こてん》
墨子《ぼくし》
草野友子《くさのともこ》

平成30年 9月25日 初版発行

発行者●郡司 聡

発行●株式会社KADOKAWA
〒102-8177 東京都千代田区富士見2-13-3
電話 0570-002-301（ナビダイヤル）

角川文庫 21063

印刷所●株式会社暁印刷
製本所●株式会社ビルディング・ブックセンター

表紙画●和田三造

ISBN 978-4-04-400336-4 C0198

◇◇◇

角川文庫発刊に際して

角川源義

第二次世界大戦の敗北は、軍事力の敗北であった以上に、私たちの若い文化力の敗退であった。私たちの文化が戦争に対して如何に無力であり、単なるあだ花に過ぎなかったかを、私たちは身を以て体験し痛感した。西洋近代文化の摂取にとって、明治以後八十年の歳月は決して短かすぎたとは言えない。にもかかわらず、近代文化の伝統を確立し、自由な批判と柔軟な良識に富む文化層として自らを形成することに私たちは失敗して来た。そしてこれは、各層への文化の普及滲透を任務とする出版人の責任でもあった。

一九四五年以来、私たちは再び振出しに戻り、第一歩から踏み出すことを余儀なくされた。これは大きな不幸ではあるが、反面、これまでの混沌・未熟・歪曲の中にあった我が国の文化に秩序と確たる基礎を齎らすためには絶好の機会でもある。角川書店は、このような祖国の文化的危機にあたり、微力をも顧みず再建の礎石たるべき抱負と決意とをもって出発したが、ここに創立以来の念願を果すべく角川文庫を発刊する。これまで刊行されたあらゆる全集叢書文庫類の長所と短所とを検討し、古今東西の不朽の典籍を、良心的編集のもとに、廉価に、そして書架にふさわしい美本として、多くのひとびとに提供しようとする。しかし私たちは徒らに百科全書的な知識のジレッタントを作ることを目的とせず、あくまで祖国の文化に秩序と再建への道を示し、この文庫を角川書店の栄ある事業として、今後永久に継続発展せしめ、学芸と教養との殿堂として大成せんことを期したい。多くの読書子の愛情ある忠言と支持とによって、この希望と抱負とを完遂せしめられんことを願う。

一九四九年五月三日

角川ソフィア文庫ベストセラー

論語
ビギナーズ・クラシックス 中国の古典
加地伸行

孔子が残した言葉には、いつの時代にも共通する「人としての生きかた」の基本理念が凝縮され、現代人にも多くの知恵と勇気を与えてくれる。はじめて中国古典にふれる人に最適。中学生から読める論語入門！

老子・荘子
ビギナーズ・クラシックス 中国の古典
野村茂夫

老荘思想は、儒教と並ぶもう一つの中国思想。「上善は水のごとし」「大器晩成」「胡蝶の夢」など、人生を豊かにする親しみやすい言葉と、ユーモアに満ちた寓話を楽しみながら、無為自然に生きる知恵を学ぶ。

韓非子
ビギナーズ・クラシックス 中国の古典
西川靖二

「矛盾」「株を守る」などのエピソードを用いて法家の思想を説いた韓非。冷静ですぐれた政治思想と鋭い人間分析、君主の君主による君主のための支配を理想とする君主論は、現代のリーダーたちにも魅力たっぷり。

陶淵明
ビギナーズ・クラシックス 中国の古典
釜谷武志

自然と酒を愛し、日常生活の喜びや苦しみをこまやかに描く一方、「死」に対して揺れ動く自分の心を詠んだ田園詩人。「帰去来辞」や「桃花源記」ほかひとつ一つの詩を丁寧に味わい、詩人の心にふれる。

李白
ビギナーズ・クラシックス 中国の古典
筧久美子

大酒を飲みながら月を愛で、鳥と遊び、自由きままに旅を続けた李白。あけっぴろげで痛快な詩は、音読すれば耳にも心地よく、多くの民衆に愛されてきた。豪快奔放に生きた詩仙・李白の、浪漫の世界に遊ぶ。

角川ソフィア文庫ベストセラー

ビギナーズ・クラシックス 中国の古典
杜甫
黒川洋一

若くから各地を放浪し、現実社会を見つめ続けた杜甫。日本人に愛され、文学にも大きな影響を与え続けた「詩聖」の詩から、「兵庫行」「石壕吏」などの長編を主にたどり、情熱と繊細さに溢れた真の魅力に迫る。

ビギナーズ・クラシックス 中国の古典
孫子・三十六計
湯浅邦弘

中国最高の兵法書『孫子』と、その要点となる三六通りの戦術をまとめた『三十六計』。語り継がれてきた名言は、ビジネスや対人関係の手引として、実際の社会や人生に役立つこと必至。古典の英知を知る書。

ビギナーズ・クラシックス 中国の古典
易経
三浦國雄

陽と陰の二つの記号で六四通りの配列を作る易は、「主体的に読み解き未来を予測する思索的な道具」として活用されてきた。中国三〇〇〇年の知恵『易経』をコンパクトにまとめ、訳と語釈、占例をつけた決定版。

ビギナーズ・クラシックス 中国の古典
唐詩選
深澤一幸

漢詩の入門書として最も親しまれてきた『唐詩選』。李白・杜甫・王維・白居易をはじめ、朗読するだけで風景が浮かんでくる感動的な詩の世界を楽しむ。初心者にもやさしい解説とすらすら読めるふりがな付き。

ビギナーズ・クラシックス 中国の古典
史記
福島正

司馬遷が書いた全一三〇巻におよぶ中国最初の正史が一冊でわかる入門書。「鴻門の会」「四面楚歌」で有名な項羽と劉邦の戦いや、悲劇的な英雄の生涯など、強烈な個性をもった人物たちの名場面を精選して収録。

角川ソフィア文庫ベストセラー

蒙求
ビギナーズ・クラシックス 中国の古典
今鷹 眞

「蛍火以照書」から「蛍の光、窓の雪」の歌が生まれ、「漱石枕流」は夏目漱石のペンネームの由来になった。礼節や忠義など不変の教養逸話も多く、日本でも多く読まれた子供向け歴史故実書から三一編を厳選。

白楽天
ビギナーズ・クラシックス 中国の古典
下定雅弘

日本文化に大きな影響を及ぼした白楽天。炭売り老人への憐憫や左遷地で見た雪景色を詠んだ代表作ほか、家族、四季の風物、酒、音楽などを題材とした情愛濃やかな詩を味わう。大詩人の詩と生涯を知る入門書。

十八史略
ビギナーズ・クラシックス 中国の古典
竹内弘行

中国の太古から南宋末までを簡潔に記した歴史書から、注目の人間ドラマをピックアップ。伝説あり、暴君あり、国を揺るがす美女の登場あり。日本人が好んで読んできた中国史の大筋が、わかった気になる入門書！

春秋左氏伝
ビギナーズ・クラシックス 中国の古典
安本 博

古代魯国史『春秋』の注釈書ながら、巧みな文章で人々を魅了し続けてきた『左氏伝』。「力のみで人を治めることはできない」「一端発した言葉に責任を持つ」など、生き方の指南本としても読める！

詩経・楚辞
ビギナーズ・クラシックス 中国の古典
牧角悦子

結婚して子供をたくさん産むことが最大の幸福であった古代の人々が、その喜びや悲しみをうたい、神々への祈りの歌として長く愛読してきた『詩経』と『楚辞』。中国最古の詩集を楽しむ一番やさしい入門書。

角川ソフィア文庫ベストセラー

菜根譚
ビギナーズ・クラシックス 中国の古典
湯浅邦弘

「一歩を譲る」「人にやさしく己に厳しく」など、人づきあいの極意、治世に応じた生き方、人間の器の磨き方を明快に説く、処世訓の最高傑作。わかりやすい現代語訳と解説で楽しむ、初心者にやさしい入門書。

孟子
ビギナーズ・クラシックス 中国の古典
佐野大介

論語とともに四書に数えられる儒教の必読書。人の上に立つ者ほど徳を身につけなければならないとする王道主義の教えと、「五十歩百歩」「私淑」などの故事成語の宝庫をやさしい現代語訳と解説で楽しむ入門書。

大学・中庸
ビギナーズ・クラシックス 中国の古典
矢羽野隆男

国家の指導者を目指す者たちの教訓書である『大学』。人間の本性とは何かを論じ、誠実を尽くせと説く『中庸』。わかりやすい現代語訳と丁寧な解説で、今の時代に生きる中国思想の教えを学ぶ、格好の入門書。

貞観政要
ビギナーズ・クラシックス 中国の古典
湯浅邦弘

中国四千年の歴史上、最も安定した唐の時代「貞観の治」を成した名君が、上司と部下の関係や、組織運営の妙を説く。現代のビジネスリーダーにも愛読者の多い、中国の叡智を記した名著の、最も易しい入門書！

呻吟語
ビギナーズ・クラシックス 中国の古典
湯浅邦弘

皇帝は求心力を失い、官僚は腐敗、世が混乱した明代末期。朱子学と陽明学をおさめた呂新吾が30年かけて綴った人生を諭す言葉。「過ちを認める勇気」「冷静沈着の大切さ」など、現代にも役立つ思想を説く。

角川ソフィア文庫ベストセラー

源氏物語
ビギナーズ・クラシックス　日本の古典
紫式部
編／角川書店

日本古典文学の最高傑作である世界第一級の恋愛大長編『源氏物語』全五四巻が、古文初心者でもまるごとわかる！　巻毎のあらすじと、名場面はふりがな付きの原文と現代語訳両方で楽しめるダイジェスト版。

今昔物語集
ビギナーズ・クラシックス　日本の古典
編／角川書店

インド・中国から日本各地に至る、広大な世界のあらゆる階層の人々のバラエティーに富んだ日本最大の説話集。特に著名な話を選りすぐり、現実的で躍動感あふれる古文が現代語訳とともに楽しめる！

平家物語
ビギナーズ・クラシックス　日本の古典
編／角川書店

一二世紀末、貴族社会から武家社会へと歴史が大転換する中で、運命に翻弄される平家一門の盛衰を、叙事詩的に描いた一大戦記。源平争乱における事件や時間の流れが簡潔に把握できるダイジェスト版。

徒然草
ビギナーズ・クラシックス　日本の古典
吉田兼好
編／角川書店

日本の中世を代表する知の巨人・吉田兼好。その無常観とたゆみない求道精神に貫かれた名随筆集から、兼好の人となりや当時の人々のエピソードが味わえる代表的な章段を選び抜いた最良の徒然草入門。

おくのほそ道（全）
ビギナーズ・クラシックス　日本の古典
松尾芭蕉
編／角川書店

俳聖芭蕉の最も著名な紀行文、奥羽・北陸の旅日記を全文掲載。ふりがな付きの現代語訳と原文で朗読にも最適。コラムや地図・写真も豊富で携帯にも便利。風雅の誠を求める旅と昇華された俳句の世界への招待。

角川ソフィア文庫ベストセラー

古今和歌集
ビギナーズ・クラシックス　日本の古典
編／中島輝賢

春夏秋冬や恋など、自然や人事を詠んだ歌を中心に編まれた、第一番目の勅撰和歌集。総歌数約一一〇〇首から七〇首を厳選。春といえば桜といった、日本的美意識に多大な影響を与えた平安時代の名歌集を味わう。

伊勢物語
ビギナーズ・クラシックス　日本の古典
編／坂口由美子

雅な和歌とともに語られる「昔男」（在原業平）の一代記。垣間見から始まった初恋、天皇の女御となる女性との恋、白髪の老女との契り――。全一二五段から代表的な短編を選び、注釈やコラムも楽しめる。

土佐日記（全）
ビギナーズ・クラシックス　日本の古典
紀　貫之
編／西山秀人

平安時代の大歌人紀貫之が、任国土佐から京へと戻る旅を、侍女になりすまし仮名文字で綴った紀行文学の名作。天候不順や海賊、亡くした娘への想いなどが、船旅の一行の姿とともに生き生きとよみがえる！

うつほ物語
ビギナーズ・クラシックス　日本の古典
編／室城秀之

異国の不思議な体験や琴の伝授にかかわる奇瑞などの浪漫的要素と、源氏・藤原氏両家の皇位継承をめぐる対立を絡めながら語られる。スケールが大きく全体像が見えにくかった物語を、初めてわかりやすく説く。

和泉式部日記
ビギナーズ・クラシックス　日本の古典
和泉式部
編／川村裕子

為尊親王の死後、弟の敦道親王から和泉式部へ手紙が届き、新たな恋が始まった。恋多き女、和泉式部が秀逸な歌とともに綴った王朝女流日記の傑作。平安時代の愛の苦悩を通して古典を楽しむ恰好の入門書。

角川ソフィア文庫ベストセラー

更級日記
ビギナーズ・クラシックス 日本の古典

菅原孝標女
編／川村裕子

平安時代の女性の日記。東国育ちの作者が京へ上り憧れの物語を読みふけった少女時代。結婚、夫との死別、その後の寂しい生活。ついに思いこがれた生活を手にすることのなかった一生をダイジェストで読む。

新古今和歌集
ビギナーズ・クラシックス 日本の古典

編／小林大輔

伝統的な歌の詞を用いて、『万葉集』『古今集』とは異なった新しい内容を表現することを目指した、画期的な第八番目の勅撰和歌集。歌人たちにより緻密に構成された約二〇〇〇首の全歌から、名歌八〇首を厳選。

方丈記（全）
ビギナーズ・クラシックス 日本の古典

鴨　長明
編／武田友宏

平安末期、大火・飢饉・大地震、源平争乱や一族の権力争いを体験した鴨長明が、この世の無常と身の処し方を綴る。人生を前向きに生きるヒントがつまった名随筆を、コラムや図版とともに全文掲載。

南総里見八犬伝
ビギナーズ・クラシックス 日本の古典

曲亭馬琴
編／石川　博

不思議な玉と痣を持って生まれた八人の男たちは、やがて同じ境遇の義兄弟の存在を知る。完結までに二八年、九八巻一〇六冊の大長編伝奇小説を、二九のクライマックスとあらすじで再現した『八犬伝』入門。

紫式部日記
ビギナーズ・クラシックス 日本の古典

紫　式　部
編／山本淳子

平安時代の宮廷生活を活写する回想録。同僚女房や清少納言への冷静な評価などから、当時の後宮が手に取るように読み取れる。現代語訳、幅広い寸評やコラムで、『源氏物語』成立背景もよくわかる最良の入門書。

角川ソフィア文庫ベストセラー

ビギナーズ・クラシックス　日本の古典
とりかへばや物語
編／鈴木裕子

女性的な息子と男性的な娘をもつ父親が、二人の性を取り替え、娘を女性と結婚させ、息子を女官として女性の東宮に仕えさせた。二人は周到に生活していたが、やがて破綻していく。平安最末期の奇想天外な物語。

ビギナーズ・クラシックス　日本の古典
西行　魂の旅路
編／西澤美仁

平安末期、武士の道と家族を捨て、ただひたすら和歌の道を究めるため出家の道を選んだ西行。その心の軌跡を、伝承歌も含めた和歌の数々から丁寧に読み解く。桜を愛し各地に足跡を残した大歌人の生涯に迫る！

ビギナーズ・クラシックス　日本の古典
堤中納言物語
編／坂口由美子

気味の悪い虫を好む姫君を描く「虫めづる姫君」をはじめ、今ではほとんど残っていない平安末期から鎌倉時代の一〇編を収録した短編集。滑稽な話やしみじみした話を織り交ぜながら人生の一こまを鮮やかに描く。

ビギナーズ・クラシックス　日本の古典
太平記
編／武田友宏

後醍醐天皇即位から室町幕府細川頼之管領就任まで、史上かつてない約五〇年の抗争を描く軍記物語。強烈な個性の新田・足利・楠木らの壮絶な人間ドラマが錯綜する南北朝の歴史をダイジェストでイッキ読み！

ビギナーズ・クラシックス　日本の古典
謡曲・狂言
編／網本尚子

変化に富む面白い代表作「高砂」「隅田川」「井筒」「敦盛」「鵺」「末広かり」「千切木」「蟹山伏」を取り上げ、現代語訳で紹介。中世が生んだ伝統芸能を文学として味わい、演劇としての特徴をわかりやすく解説。

角川ソフィア文庫ベストセラー

ビギナーズ 日本の思想
西郷隆盛「南洲翁遺訓」
西郷隆盛
訳・解説／猪飼隆明

明治新政府への批判を込め、国家や為政者のあるべき姿と社会で活躍する心構えを説いた遺訓。やさしい訳文とともに、その言葉がいつ語られたものか、一条ごとに読み解き、生き生きとした西郷の人生を味わう。

ビギナーズ 日本の思想
道元「典座教訓《てんぞきょうくん》」
禅の食事と心
道元
訳・解説／藤井宗哲

食と仏道を同じレベルで語った『典座教訓』を、建長寺をはじめ、長く禅寺の典座（てんぞ／禅寺の食事係）を勤めた訳者自らの体験をもとに読み解く。禅の精神を日常の言葉で語り、禅の核心に迫る名著に肉迫。

ビギナーズ 日本の思想
日蓮「立正安国論」「開目抄」
日蓮
編／小松邦彰

蒙古襲来を予見し国難回避を諭した「立正安国論」、柱となり眼目となり大船となって日本を救おうと宣言する「開目抄」。混迷する日本を救済しようとした日蓮が、強烈な信念で書き上げた二大代表作。

ビギナーズ 日本の思想
九鬼周造「いきの構造」
九鬼周造
編／大久保喬樹

恋愛のテクニックが江戸好みの美意識「いき」を生んだ――。日本文化論の傑作を平易な話し言葉にし、各章ごとに内容を要約。異端の哲学者・九鬼周造の波乱に富んだ人生遍歴と、思想の本質に迫る入門書。

ビギナーズ 日本の思想
宮本武蔵「五輪書」
宮本武蔵
編／魚住孝至

「地・水・火・風・空」5巻の兵法を再構成。フィクションが先行する剣客の本当の姿を、自筆の書状や関係した藩の資料とともにたどる。剣術から剣道への展開に触れ『五輪書』の意義と武蔵の実像に迫る決定版。

角川ソフィア文庫ベストセラー

ビギナーズ 日本の思想
空海「三教指帰《さんごうしいき》」
空 海
訳／加藤純隆・加藤精一

日本に真言密教をもたらした空海が、渡唐前の青年時代に著した名著。放蕩息子に儒者・道士・仏教者がそれぞれ説得を試みるという設定で各宗教の優劣を論じ、仏教こそが最高の道であると導く情熱の書。

ビギナーズ 日本の思想
空海「秘蔵宝鑰《ひぞうほうやく》」
こころの底を知る手引き
空 海
訳／加藤純隆・加藤精一

『三教指帰』で仏教の思想が最高であると宣言した空海は、多様化する仏教の中での最高のものを、心の発達段階として究明する。思想家空海の真髄を示す、集大成の名著。詳しい訳文でその醍醐味を味わう。

ビギナーズ 日本の思想
空海「般若心経秘鍵《はんにゃしんぎょうひけん》」
空 海
編／加藤精一

宗派や時代を超えて愛誦される「般若心経」。人々の幸せを願い続けた空海は、最晩年にその本質を〈こころ〉で読み解き、後世への希望として記した。名言や逸話とともに、空海思想の集大成をわかりやすく読む。

空海「即身成仏義」「声字実相義」「吽字義」
空 海
編／加藤精一

大日如来はどのような仏身なのかを説く「即身成仏義」。言語や文章は全て大日如来の活動とする「声字実相義」。あらゆる価値の共通の原点は大日如来とする「吽字義」。真言密教を理解する上で必読の三部作。

ビギナーズ 日本の思想
空海「性霊集」抄
空 海
加藤精一＝訳

空海の人柄がにじみ出る詩や碑文、書簡などを弟子の真済がまとめた性霊集全112編のうち、30編を抄出。書き下し文と現代語訳、解説を加える。空海の一人の僧としての矜持を理解するのに最適の書。